KB013749

울파주 밖에는 장꾼들을 따라와서 엄지의 젖을 빠는 망
아지도 있었다

가즈랑집

승냥이가 새끼를 치는 전에는 쇠메 든 도적이 났다는 가
즈랑고개

가즈랑집은 고개 밑의
산 너머 마을서 도야지를 잃는 밤 짐승을 쫓는 깽제미* 소
리가 무서웁게 들려오는 집
닭 개 짐승을 못 놓는
멧도야지와 이웃사춘을 지나는 집

예순이 넘은 아들 없는 가즈랑집 할머니는 중같이 정해

---

* 깽제미: 놋쇠로 만든 그릇.

시인의 맛

서 할머니가 마을을 가면 긴 담뱃대에 독하다는 막써레기*
를 몇 대라도 붙이라고 하며

　간밤에 섬돌 아래 승냥이가 왔었다는 이야기
　어느메 산골에선간 곰이 아이를 본다는 이야기

　나는 돌나물김치에 백설기를 먹으며
　옛말의 귀신집에 있는 듯이
　가즈랑집 할머니
　내가 날 때 죽은 누이도 날 때
　무명필에 이름을 써서 백지 달아서 귀신간시렁**의 당즈
깨***에 넣어 대감님께 수양을 들였다는 가즈랑집 할머니
　언제나 병을 앓을 때면
　신장님 달련****이라고 하는 가즈랑집 할머니
　귀신의 딸이라고 생각하면 슬퍼졌다

----

*　　막써레기: 담배 이파리를 썰어놓은 것.
**　　귀신간시렁: 귀신을 모신 시렁.
***　당즈깨: 버들고리 등으로 만든 바구니.
****　신장님 달련: 귀신에게 당하는 시달림.

토끼도 살이 오른다는 때 아르대즘퍼리*에서 제비꼬리 마타리 쇠조지 가지취 고비 고사리 두릅순 회순 산나물을 하는 가즈랑집 할머니를 따르며

나는 벌써 달디단 물구지우림** 둥굴레우림을 생각하고

아직 멀은 도토리묵 도토리범벅까지도 그리워한다

뒤울안 살구나무 아래서 광살구***를 찾다가

살구벼락을 맞고 울다가 웃는 나를 보고

밑구멍에 털이 몇 자나 났나 보자고 한 것은 가즈랑집 할머니다

찰복숭아를 먹다가 씨를 삼키고는 죽는 것만 같아 하루 종일 놀지도 못하고 밥도 안 먹은 것도

가즈랑집에 마을을 가서

당세**** 먹은 강아지같이 좋아라고 집오래*****를 설레다 가였다

---

* 아르대즘퍼리: 지대가 낮은 축축한 땅.
** 물구지우림: 물구지 뿌리를 우려내 고아낸 것.
*** 광살구: 익어서 저절로 떨어진 살구.
**** 당세: 곡식을 불린 가루에 술을 조금 넣고 묽게 끓인 음식.
***** 집오래: 집 근처.

고방*

    낡은 질동이에는 갈 줄 모르는 늙은 집난이**같이 송구떡
이 오래도록 남아 있었다

    오지항아리에는 삼춘이 밥보다 좋아하는 찹쌀탁주가 있
어서
    삼춘의 임내***를 내어가며 나와 사춘은 시큼털털한 술을
잘도 채어 먹었다

---

*   고방: 광.
**   집난이: 출가한 딸(평안 방언).
*** 임내: 흉내의 고어(평안 방언).

제삿날이면 귀머거리 할아버지 가에서 왕밤을 밝고 싸리 꼬치에 두부산적을 꿰었다

손자아이들이 파리떼같이 모이면 곰의 발 같은 손을 언제나 내어둘렀다

구석의 나무말쿠지*에 할아버지가 삼는 소신 같은 짚신이 둑둑이 걸리어도 있었다

옛말**이 사는 컴컴한 고방의 쌀독 뒤에서 나는 저녁 끼때에 부르는 소리를 듣고도 못 들은 척하였다

---

* 　말쿠지: 물건을 걸어두기 위해 나뭇가지를 끈으로 달아맨 것.
** 　옛말: 옛이야기(평북 방언).

가키사키榊崎*의 바다

저녁밥 때 비가 들어서
바다엔 배와 사람이 흥성하다

참대창에 바다보다 푸른 고기가 께우며 섬돌에 곱조개가
붙는 집의 복도에서는 배창에 고기 떨어지는 소리가 들렸다

이즉하니 물기에 누굿이 젖은 왕구새자리에서 저녁상을
받은 가슴 앓는 사람은 참치회를 먹지 못하고 눈물겨웠다

어득한 기슭의 행길에 얼굴이 해쓱한 처녀가 새벽달같이

---

*　가키사키榊崎: 일본 이즈 반도 남단 시모다 항 인근의 지명.

아 아즈내*인데 병인病人은 미역 냄새 나는 덧문을 닫고 버러지같이 누웠다

---

*   아즈내: 초저녁.

여우난골

박을 삶는 집
할아버지와 손자가 오른 지붕 위에 하늘빛이 진초록이다
우물의 물이 쓸 것만 같다

마을에서는 삼굿*을 하는 날
건넌마을서 사람이 물에 빠져 죽었다는 소문이 왔다

노란 싸릿잎이 한불 깔린 토방에 햇칡방석을 깔고
나는 호박떡을 맛있게도 먹었다

---

*   삼굿: 삼의 껍질을 벗기기 위해 찌는 일.

어치라는 산새는 벌배* 먹어 고읍다는 골에서 돌배 먹고
아픈 배를 아이들은 떨배 먹고 나았다고 하였다

---

* 　벌배: 벌배나무 열매.

　　　　　　　　　　　　　　　　　　　　시언의 맛

백석과 기생 진향(백석이 자야라는 아호를
지어줌)의 슬픈 사랑을 모티프로 쓰인 시
〈나와 나타샤와 흰 당나귀〉(《여성》 1938.3).

여승

여승은 합장하고 절을 했다
가지취의 내음새가 났다
쓸쓸한 낯이 옛날같이 늙었다
나는 불경처럼 서러워졌다

평안도의 어느 산 깊은 금점판
나는 파리한 여인에게서 옥수수를 샀다
여인은 나어린 딸아이를 따리며 가을밤같이 차게 울었다

섶벌같이 나아간 지아비 기다려 십 년이 갔다
지아비는 돌아오지 않고
어린 딸은 도라지꽃이 좋아 돌무덤으로 갔다

시인의 맛

산꿩도 섧게 울은 슬픈 날이 있었다
산절의 마당귀에 여인의 머리오리가 눈물방울과 같이 떨
어진 날이 있었다

통영

구마산의 선창에선 좋아하는 사람이 울며 나리는 배에
올라서 오는 물길이 반날
　갓 나는 고당*은 가깝기도 하다

바람 맛도 짭짤한 물 맛도 짭짤한

전복에 해삼에 도미 가재미의 생선이 좋고
파래에 아개미에 호루기의 젓갈이 좋고

새벽녘의 거리엔 쾅쾅 북이 울고

---

* 　 고당 : 고장.

밤새껏 바다에선 뿡뿡 배가 울고

자다가도 일어나 바다로 가고 싶은 곳이다

집집이 아이만한 피도 안 간 대구를 말리는 곳
황화장사 영감이 일본말을 잘도 하는 곳
처녀들은 모두 어장주한테 시집을 가고 싶어한다는 곳

산 너머로 가는 길 돌각담에 갸웃하는 처녀는 금錦이라
는 이 같고
내가 들은 마산 객주집의 어린 딸은 난蘭이라는 이 같고

난이라는 이는 명정골에 산다든데
명정골은 산을 넘어 동백나무 푸르른 감로 같은 물이 솟
는 명정明井 샘이 있는 마을인데
샘터엔 오구작작 물을 긷는 처녀며 새악시들 가운데 내가
좋아하는 그이가 있을 것만 같고
내가 좋아하는 그이는 푸른 가지 붉게붉게 동백꽃 피는
철엔 타관 시집을 갈 것만 같은데
긴 토시 끼고 큰 머리 얹고 오불고불 넘엣거리로 가는 여
인은 평안도서 오신 듯한데 동백꽃 피는 철이 그 언제요

옛 장수 모신 낡은 사당*의 돌층계에 주저앉아서 나는 이
저녁 울 듯 울 듯 한산도 바다에 뱃사공이 되어가며

녕** 낮은 집 담 낮은 집 마당만 높은 집에서 열나흘 달을
업고 손방아만 찧는 내 사람을 생각한다.

---

*   옛 장수 모신 낡은 사당: 이순신 장군을 모신 충렬사.

**   녕: 지붕(평북 방언).

맛
대
맛

맛 대 맛
시인의 맛 소설가의 맛

2019년 5월 10일 초판 1쇄 찍음
2019년 5월 20일 초판 1쇄 펴냄

지은이	백석, 채만식
펴낸이	이상
펴낸곳	가갸날
주소	경기도 고양시 일산동구 강선로 49 BYC 402호
전화	070.8806.4062
팩스	0303.3443.4062
이메일	gagyapub@naver.com
블로그	blog.naver.com/gagyapub
페이지	www.facebook.com/gagyapub
디자인	강소이

© 백석 채만식, 2019

이 책에 수록된 백석의 글은 주식회사 남북저작권센터를 통해
저작권 사용 계약을 체결하였습니다.

ISBN   979-11-87949-32-9 03810

이 도서의 국립중앙도서관 출판시도서목록(CIP)은 서지정보유통지원시스템 홈페이지
(http://www.nl.go.kr/cip.php)와 국가자료공동목록시스템(http://www.nl.go.kr/kolisnet)에서
이용하실 수 있습니다.(CIP제어번호: CIP 2019014738)

식탁 위의
문학 기행

- 3 -

맛
대
맛

백석 / 채만식
시인의 맛 / 소설가의 맛

가갸날

들어가는 말

문학은 맛이 있다. 단맛, 쓴맛, 매운맛…. 그 맛의 원천은 해석의 다양성이다.

이 책은 '문학의 맛'을 새로운 독법으로 탐색해보는 시도다. 다만 해석은 독자의 몫이다. 우리는 그 길을 제시할 뿐이니.

우리 현대 시가 이룬 가장 높은 봉우리의 하나는 단연코 백석이다. 숱한 이야기가 행간마다 깃들어 있는 백석의 시에서는 모국어의 숭고함이 절로 배어난다. 그래서 해방 직후 백석의 시를 실은 《학풍》이란 잡지는 "밤하늘의 별처럼 많은 시인들은 과연 얼마나 이 고고한 시인에 육박할 수 있으며, 또 능가할 수 있었더냐"고 극찬했을 것이다.

서울을 떠나 함경도 지방을 떠돌던 시기에 백석은 '함주시초'라는 연작시를 썼다. 함주시초 연작의 첫 작품은 〈북관〉이라는 이름을 달고 있다. 〈북관〉에서 백석은 명태 창난젓에 고추무거리며 막칼질한 무이를 비벼 넣은 음식을 먹으며 '시큼한 배척한 비릿한 구릿한' 냄새 속에서 여진의 살내음새와 신라 백성의 향수까지를 맛본다. 놀라운 상상력이다.

이 시는 통상적인 독법을 넘어 백석의 시를 이해하기 위한 징검다리다. 이름하여 '백석의 맛'이다. 백석의 작품 속에는 무수한 음식이 등장한다. 과장해서 말하자면 음식을 소재로 삼지 않은 시가 없을 정도다. 하지만 그것들은 소재에 머물지 않는다.

그의 시에서 음식은 음식이야말로 웅숭깊은 삶과 문화의 젖줄임을 웅변한다. 그리하여 그가 토속 시어로 노래한 잃어버린 고향에 대한 슬픔은 음식이란 장치를 통해 같은 음식을 나누던 공동체 집단의 DNA에 대한 그리움으로 승화한다.

백석처럼 음식에 천착한 시인은 없다. 그만큼 예외적 존재다. 백석은 한반도의 가장 북쪽에서 태어났다. 평안북도 정주에서도 여우가 사는 깊은 산골이 고향이다.

놀랍게도 백석 못지않게 음식에 탐닉한 작가가 있었다.

소설가 채만식이다. 채만식의 고향은 곡창 호남평야의 한 켠이라 할 수 있는 전라북도 군산이다. 두 사람은 여러 면에서 대척점에 서 있다.

채만식은 식민지시대의 암울한 현실을 풍자적 리얼리즘 기법으로 그려냈다. 290여 편에 이르는 많은 작품을 남겼는데, 소설, 희곡, 수필 가리지 않고 도처에 음식에 대한 세밀한 묘사가 등장한다.

채만식은 육식을 매우 즐겼다고 한다. 당시 문인들은 너나 할것없이 가난했다. 가난한 문인들은 '피 섞인 침을 뱉어가면서도' 밥을 먹기 위해 글을 써야 했다. 그랬으니 고기반찬을 사랑하던 그의 고통이 어떠했을지 짐작이 가고도 남는다. 채만식의 최후 역시 비극성에서 그보다 앞서 요절한 다른 문인들과 다르지 않았다. 그는 항시 양복 정장에 중절모를 쓰고 다니는 멋쟁이였는데, 폐병 말기에 '양복을 팔아 마이신을 맞을까' 고심하면서도 끝내 양복을 팔지 못하고 숨을 거두었다.

따라서 채만식의 작품 속에 등장하는 음식의 의미는 중의적일 수밖에 없다. 채만식의 고향 군산은 돈과 쌀이 넘쳐나면서도 주린 자들이 거리를 메우던 모순의 도시였다. 맑디 맑던 금강 물이 '장꾼들의 흥정하는 소리와 생선 비린내에 고요하던 수면의 꿈'이 깨어지며 일순 '탁류'로 바뀌는 서사성이 곧 '채만식의 맛'이다.

우리 문학의 한복판에 자리하면서도 '문학의 맛'이라는 예외적 성취를 일구어낸 두 사람의 작가, 북녘 시인 백석(시인의 맛)과 남녘 소설가 채만식(소설가의 맛)의 문학세계를 대비하는 즐거움을 독자 앞에 선사한다.

2019. 4.
엮은이

차례

일러두기

1 이 책의 1부는 백석의 시와 산문, 2부는 채만식의 산문이다. 채만식의 글은 소설, 콩트, 희곡, 수필, 잡문을 망라한다.

2 작품의 게재 순서는 이 책의 주제를 살리기 위해 임의로 정하였다.

3 띄어쓰기와 맞춤법은 현재의 한글 맞춤법 표준안을 따르는 것을 원칙으로 하되, 발표 당시의 표현을 살리는 것이 필요하다고 판단되는 경우에는 예외로 하였다. 특히 백석의 시에 쓰인 고유어는 최대한 존중하였다.

4 원본의 한자는 한글로 바꿔 표기하고, 의미 전달을 위해 필요한 곳에는 한자를 덧붙였다.

5 독자의 이해를 돕기 위해 필요한 곳에는 주석을 달았으며, 마찬가지 맥락에서 몇 개의 이미지를 수록하였다.

시인의 맛

+ 백석

북관
— 함주시초1

명태 창난젓에 고추무거리*에 막칼질한 무이를 비벼 익힌
것을
이 투박한 북관北關을 한없이 끼밀고 있노라면
쓸쓸하니 무릎은 꿇어진다

시큼한 배척한 퀴퀴한 이 내음새 속에
나는 가느슥히 여진女眞의 살내음새를 맡는다

얼근한 비릿한 구릿한 이 맛 속에선
까마득히 신라 백성의 향수도 맛본다

---

*   고추무거리: 고추를 빻아서 가루를 치고 남은 찌꺼기.

동해

　동해여, 오늘밤은 이렇게 무더워 나는 맥고모자를 쓰고 맥주를 마시고 거리를 거닙네. 맥고모자를 쓰고 맥주를 마시고 거리 거닐면 어데서 넉넉한 비릿한 짠물 내음새 풍겨오는데, 동해여 아마 이것은 그대의 바윗등에 모래장변에 날미역이 한불 널린 탓인가 본데 미역 널린 곳엔 방게가 어성기는가, 도요가 씨양씨양 우는가, 안마을 처녀가 누구를 기다리고 섰는가, 또 나와 같이 이 밤이 무더워서 소주에 취한 사람이 기웃들이 누웠는가. 분명히 이것은 날미역의 내음새인데 오늘 낮 물기가 쳐서 물가에 미역이 많이 떠 들어온 것이겠지.

　이렇게 맥고모자를 쓰고 맥주를 마시고 날미역 내음새 맡으면 동해여, 나는 그대의 조개가 되고 싶습네. 어려서는

　　　　　　　　　　　　　　　시인의 맛

꽃조개가, 자라서는 명주조개가, 늙어서는 강에지조개가. 기운이 나면 혀를 빼어물고 물속 십 리를 단숨에 날고 싶습네. 달이 밝은 밤엔 해정한 모래장변에서 달바라기를 하고 싶습네. 굿은비 부슬거리는 저녁엔 물 위에 떠서 애원성이나 부르고, 그리고 햇살이 간지럽게 따뜻한 아침엔 이남박* 같은 물바닥을 오르락내리락하고 놀고 싶습네. 그리고, 그리고 내가 정말 조개가 되고 싶은 것은 잔잔한 물 밑 보드라운 세모래 속에 누워서 나를 쑤시러 오는 어여쁜 처녀들의 발 뒤꿈치나 쓰다듬고 손길이나 붙잡고 놀고 싶은 탓입네.

동해여! 이렇게 맥고모자를 쓰고 맥주를 마시고 조개가 되고 싶어하는 심사를 알 친구란 꼭 하나 있는데, 이는 밤이면 그대의 작은 섬—사람 없는 섬이나 또 어느 외진 바위판에 떼로 몰려 올라서는 눕고 앉았고 모두들 세상 이야기를 하고 지껄이고 잠이 들고 하는 물개들입네. 물에 살아도 숨은 물 밖에 대고 쉬는 양반이고 죽을 때엔 물 밑에 가라앉아 바윗돌을 붙들고 절개 있게 죽는 선비이고 또 때로는 갈매기를 따르며 노는 활량인데 나는 이 친구가 좋아서 칠월이 오기 바쁘게 그대한테로 가야 하겠습네.

이렇게 맥고모자를 쓰고 맥주를 마시고 친구를 생각하기

---

* 이남박: 함지박의 하나.

는 그대의 언제나 자랑하는 털게에 청포채를 무친 맛나는 안주 탓인데, 나는 정말이지 그대도 잘 아는 함경도 함흥 만세교 다리 밑에 님이 오는 털게 맛에 해가우손이*를 치고 사는 사람입네. 하기야 또 내가 친하기로야 가재미가 빠질겝네. 회국수에 들어 일미이고 식해에 들어 절미지. 하기야 또 버들개 봉구이가 좀 좋은가. 횟대 생선 된장지짐이는 어떻고. 명태골국, 해삼탕, 도미회, 은어젓이 다 그대 자랑감이지. 그리고 한 가지 그대나 나밖에 모를 것이지만 공미리는 아랫주둥이가 길고 꽁치는 윗주둥이가 길지.

이것은 크게 할말 아니지만 산뜻한 청삿자리 위에서 전복회를 놓고 함흥 소주잔을 거듭하는 맛은 신선 아니면 모를 일이지.

이렇게 맥고모자를 쓰고 맥주를 마시고 전복에 해삼을 생각하면 또 생각나는 것이 있습네. 칠팔월이면 으레히 오는 노랑 바탕에 까만 등을 단 제주濟州 배 말입네. 제주 배만 오면 그대네 물가엔 말이 많아지지. 제주 배 아즈맹이 몸집이 절구통 같다는 둥, 제주 배 아뱅인 조밥에 소금만 먹는다는 둥, 제주 배 아즈맹이 언제 어느 모롱고지 이슥한 바위 뒤에서 혼자 해삼을 따다가 무슨 일이 있었다는 둥…, 참 말이

---

*   해가우손이: 햇빛 가리개.

많지. 제주 배 들면 그대네 마을이 반갑고 제주 배 나면 서운하지. 아이들은 제주 배를 물가를 돌아 따르고 나귀는 산등성에서 눈을 들어 따르지. 이번 칠월 그대한테로 가선 제주 배에 올라 제주 색시하고 살렵네.

내가 이렇게 맥고모자를 쓰고 맥주를 마시고 제주 색시를 생각해도 미역 내음새에 내 마음이 가는 곳이 있습네. 조개껍질이 나이금을 먹는 물살에 낱낱이 키가 자라는 처녀 하나가 나를 무척 생각하는 일과 그대 가까이 송진 내음새 나는 집에 아내를 잃고 슬피 사는 사람 하나가 있는 것과 그리고 그 영어를 잘하는 총명한 사년생 금*이가 그대네 홍원군 홍원면 동상리에서 난 것도 생각하는 것입네.

가재미·나귀

　동해 가까운 거리로 와서 나는 가재미와 가장 친하다. 광
어, 문어, 고등어, 평메, 횟대⋯. 생선이 많지만 모두 한두 끼
에 나를 물리게 하고 만다. 그저 한없이 착하고 정다운 가재
미만이 흰밥과 빨간 고추장과 함께 가난하고 쓸쓸한 내 상
에 한 끼도 빠지지 않고 오른다. 나는 이 가재미를 십 전 하
나에 뼘가웃씩 되는 것 여섯 마리를 받아들고 왔다. 다음부
터는 할머니가 두 두름 마흔 개에 이십오 전씩 사 오시는데,
큰 가재미보다도 잔 것을 내가 좋아해서 모두 손길만큼한
것들이다. 그동안 나는 한 달포 이 고을을 떠났다 와서 오랜
만에 내 가재미를 찾아 생선장으로 갔더니 섭섭하게도 이
물선은 보이지 않았다. 음력 8월 초승이 되어서야 이 내 친
한 것이 온다고 한다. 나는 어서 그때가 와서 우리들 흰밥과

　　　　　　　　　　　　　　　시인의 맛

고추장과 다 만나서 아침, 저녁 기뻐하게 되기만 기다린다. 그때엔 또 이십오 전에 두어 두름씩 해서 나와 같이 이 물선을 좋아하는 H한테도 보내야겠다.

묘지와 뇌옥牢獄과 교회당과의 사이에서 생명과 죄와 신神을 생각하기 좋은 운흥리를 떠나서 오백 년 오래된 이 고을에서도 다 못한 곳, 옛날이 헐리지 않은 중리로 왔다. 예서는 물보다 구름이 더 많이 흐르는 성천강이 가깝고 또 백모관봉의 시허연 눈도 바라보인다. 이곳의 좌우로 긴 회灰담들이 맞물고 늘어선 좁은 골목이 나는 좋다. 이 골목의 공기는 하이야니 밤꽃의 내음새가 난다. 이 골목을 나는 나귀를 타고 일없이 왔다 갔다 하고 싶다. 또 여기서 한 오 리 되는 학교까지 나귀를 타고 다니고 싶다. 나귀를 한 마리 사기로 했다. 그래 소장, 마장을 가보나 나귀는 나지 않는다. 촌에서 다니는 아이들이 있어서 수소문해도 나귀를 팔겠다는 데는 없다. 얼마 전엔 어느 아이가 재래종의 조선말 한 필을 사면 어떠냐고 한다. 값을 물었더니 한 오 원 주면 된다고 한다. 이좀말로 할까고 머리를 기울여도 보았으나, 그래도 나는 그 처량한 당나귀가 좋아서 좀 더 이놈을 구해보고 있다.

모던보이 모습의 백석이 함흥 영생고보에서
영어를 가르치고 있다.

시인의 맛

국수

눈이 많이 와서

산엣새가 벌로 나려 멕이고

눈구덩이에 토끼가 더러 빠지기도 하면

마을에는 그 무슨 반가운 것이 오는가 보다

한가한 아동들은 어둡도록 꿩 사냥을 하고

가난한 엄매는 밤중에 김치가재미*로 가고

마을을 구수한 즐거움에 싸서 은근하니 흥성흥성 들뜨
게 하며 이것은 오는 것이다

이것은 어느 양지귀 혹은 응달쪽 외따른 산 옆 은댕이 예

---

* 김치가재미: 김치를 묻은 움막(평북 방언).

데가리밭*에서

하룻밤 뽀오얀 흰 김 속에 접시귀 소기름불이 뿌우연 부엌에

산멍에 같은 분틀을 타고 오는 것이다

이것은 아득한 옛날 한가하고 즐겁던 세월로부터

실 같은 봄비 속을 타는 듯한 여름볕 속을 지나서 들쿠레한 구시월 갈바람 속을 지나서

대대로 나며 죽으며 죽으며 나며 하는 이 마을 사람들의 의젓한 마음을 지나서 텁텁한 꿈을 지나서

지붕에 마당에 우물 둔덩에 함박눈이 푹푹 쌓이는 어느 하룻밤

아배 앞에 그 어린 아들 앞에 아배 앞에는 왕사발에 아들 앞에는 새끼사발에 그득히 사리워 오는 것이다

이것은 그 곰의 잔등에 업혀서 길러났다는 먼 옛적 큰마니가 또 그 짚등색이에 서서 재채기를 하면 산 넘엣 마을까지 들렸다는

먼 옛적 큰아바지가 오는 것같이 오는 것이다

아, 이 반가운 것은 무엇인가

---

* 예데가리밭: 산꼭대기 오래된 비탈밭.

이 희스무레하고 부드럽고 수수하고 슴슴한 것은 무엇인가

　겨울밤 쩡하니 익은 동치미국을 좋아하고 얼얼한 댕추가
루를 좋아하고 싱싱한 산꿩의 고기를 좋아하고

　그리고 담배 내음새 탄수 내음새 또 수육을 삶는 육수국
내음새 자욱한 더북한 삿방 쩔쩔 끓는 아르굴*을 좋아하는
이것은 무엇인가

　이 조용한 마을과 이 마을의 의젓한 사람들과 살뜰하니
친한 것은 무엇인가

　이 그지없이 고담枯淡하고 소박한 것은 무엇인가

---

*　아르굴: 아랫목(평안 방언).

여우난골*족

명절날 나는 엄매 아배 따라 우리집 개는 나를 따라 진할머니 진할아버지가 있는 큰집으로 가면

얼굴에 별자국이 솜솜 난 말수와 같이** 눈도 껌벅거리는 하루에 베 한 필을 짠다는 벌 하나 건너 집엔 복숭아나무가 많은 신리 고모 고모의 딸 이녀李女 작은이녀

열여섯에 사십이 넘은 홀아비의 후처가 된 포족족하니 성이 잘 나는 살빛이 매감탕*** 같은 입술과 젖꼭지는 더 까만

---

*   여우난골: 여우가 나는 깊은 산골.
**   말수와 같이: 말할 때마다.
***   매감탕: 엿을 고아내거나 메주를 쑨 솥에 남은 걸쭉한 물.

예수쟁이 마을 가까이 사는 토산土山 고모 고모의 딸 승녀承
女 아들 승동이

육십 리라고 해서 파랗게 뵈이는 산을 넘어 있다는 해변
에서 과부가 된 코끝이 빨간 언제나 흰옷이 정하든 말끝에
섧게 눈물을 짤 때가 많은 큰골 고모 고모의 딸 홍녀洪女 아
들 홍동이 작은홍동이

배나무접을 잘하는 주정을 하면 토방돌을 뽑는 오리치*
를 잘 놓는 먼 섬에 반디젓 담그러 가기를 좋아하는 삼춘 삼
춘엄매 사춘누이 사춘동생들이 그득히들 할머니 할아버지
가 있는 안간에들 모여서 방안에서는 새옷의 내음새가 나고

또 인절미 송구떡 콩가루찰떡의 내음새도 나고 끼때의
두부와 콩나물과 뽊은 잔디와 고사리와 도야지비계는 모두
선득선득하니 찬 것들이다

저녁술**을 놓은 아이들은 외양간섶 밭마당에 달린 배나
무동산에서 쥐잡이를 하고 숨굴막질을 하고 꼬리잡이를 하
고 가마 타고 시집가는 놀음 말 타고 장가가는 놀음을 하고
이렇게 밤이 어둡도록 북적하니 논다

---

* 오리치: 동그란 갈고리 모양의 오리를 잡는 도구.
** 저녁술: 저녁밥.

밤이 깊어가는 집안엔 엄매는 엄매들끼리 아르간*에서들 웃고 이야기하고 아이들은 아이들끼리 웃간 한 방을 잡고 조아질**하고 쌈방이*** 굴리고 바리깨**** 돌림하고 호박떼기하고 제비손이구손이하고 이렇게 화디*****의 사기방등에 심지를 몇 번이나 돋구고 홍게닭******이 몇 번이나 울어서 졸음이 오면 아릇목싸움 자리싸움을 하며 히드득거리다 잠이 든다 그래서는 문창에 텅납새*******의 그림자가 치는 아침 시누이 동세들이 옥적하니 흥성거리는 부엌으론 샛문틈으로 장지문틈으로 무이징게국********을 끓이는 맛있는 내음새가 올라오도록 잔다

---

*　　　　　아르간: 아랫간.

**　　　　조아질: 공기놀이.

***　　　쌈방이: 주사위.

****　　바리깨: 주발 뚜껑(평안 방언).

*****　화디: 등잔걸이(평북 방언).

******홍게닭: 새벽닭(평안 방언).

*******텅납새: 추녀(평안 방언).

********무이징게국: 무를 썰어넣고 새우와 함께 끓인 국.

고야古夜

아배는 타관 가서 오지 않고 산비탈 외따른 집에 엄매와
나와 단 둘이서 누가 죽이는 듯이 무서운 밤 집 뒤로는 어느
산골짜기에서 소를 잡아먹는 노나리꾼*들이 도적놈들같이
쿵쿵거리며 다닌다

날기멍석을 쪄간다는 닭 보는 할미를 차 굴린다는 땅 아
래 고래 같은 기와집에는 언제나 니차떡에 청밀에 은금보화
가 그득하다는 외발 가진 조마구**뒷산 어느 메도 조마구네

---

* 노나리꾼: 소 밀도살꾼.
** 조마구: 옛이야기 속의 난장이.

나라가 있어서 오줌 누러 깨는 재밤* 머리맡의 문살에 대인 유리창으로 조마구 군병의 새까만 대가리 새까만 눈알이 들여다보는 때 나는 이불 속에 자즈러붙어 숨도 쉬지 못한다

또 이러한 밤 같은 때 시집갈 처녀 막내 고모가 고개 너머 큰집으로 치장감을 가지고 와서 엄매와 둘이 소기름에 쌍심지의 불을 밝히고 밤이 들도록 바느질을 하는 밤 같은 때 나는 아릇목의 삿귀를 들고 쇠든밤을 내여 다람쥐처럼 밝아먹고 은행 여름을 인두불에 구워도 먹고 그러다는 이불 위에서 광대넘이를 뒤이고 또 누워 굴면서 엄매에게 웃목에 두른 병풍의 새빨간 천두의 이야기를 듣기도 하고 고모더러는 밝는 날 멀리는 못 난다는 메추라기를 잡아달라고 조르기도 하고

내일같이 명절날인 밤은 부엌에 쩨듯하니 불이 밝고 솥뚜껑이 놀으며 구수한 내음새 곰국이 무르끓고 방 안에서는 일가집 할머니가 와서 마을의 소문을 펴며 조개송편에 달송편에 쥔두기송편에 떡을 빚는 곁에서 나는 밤소 팥소 설탕 든 콩가루소를 먹으며 설탕 든 콩가루소가 가장 맛있다고

---

* 재밤: 한밤중(평안 방언).

시인의 맛

생각한다

　나는 얼마나 반죽을 주무르며 흰가루손이 되어 떡을 빚
고 싶은지 모른다

　섣달에 납일날이 들어서 납일날 밤에 눈이 오면 이 밤엔
쌔하얀 할미귀신의 눈귀신도 납일 눈을 받노라 못 난다는 말
을 든든히 여기며 엄매와 나는 아궁이 위에 떡돌 위에 곱새
담 위에 함지에 버치며 대양푼을 놓고 치성이나 드리듯이 정
한 마음으로 납일 눈 약눈을 받는다 이 눈세기물을 납일 물
이라고 제주병에 진상항아리에 채워두고는 해를 묵혀가며
고뿔이 와도 배앓이를 해도 갑피기*를 앓아도 먹을 물이다

* 　갑피기: 이질(평북 방언).

주막

호박잎에 싸 오는 붕어곰*은 언제나 맛있었다

부엌에는 빨갛게 질들은 팔八모알상이 그 상 위엔 새파란
싸리를 그린 눈알만한 잔盞이 뵈었다

아들아이는 범이라고 장고기**를 잘 잡는 앞니가 뻐드러
진 나와 동갑이었다

---

*   붕어곰: 붕어를 지진 음식.
**   장고기: 잔고기.

울파주 밖에는 장꾼들을 따라와서 엄지의 젖을 빠는 망아지도 있었다

가즈랑집

승냥이가 새끼를 치는 전에는 쇠메 든 도적이 났다는 가
즈랑고개

가즈랑집은 고개 밑의
산 너머 마을서 도야지를 잃는 밤 짐승을 쫓는 깽제미* 소
리가 무서웁게 들려오는 집
닭 개 짐승을 못 놓는
멧도야지와 이웃사춘을 지나는 집

예순이 넘은 아들 없는 가즈랑집 할머니는 중같이 정해

---

*   깽제미: 놋쇠로 만든 그릇.

서 할머니가 마을을 가면 긴 담뱃대에 독하다는 막써레기[*]
를 몇 대라도 붙이라고 하며

간밤에 섬돌 아래 승냥이가 왔었다는 이야기
어느메 산골에선간 곰이 아이를 본다는 이야기

나는 돌나물김치에 백설기를 먹으며
옛말의 귀신집에 있는 듯이
가즈랑집 할머니
내가 날 때 죽은 누이도 날 때
무명필에 이름을 써서 백지 달아서 귀신간시렁^{**}의 당즈
깨^{***}에 넣어 대감님께 수양을 들였다는 가즈랑집 할머니
언제나 병을 앓을 때면
신장님 달련^{****}이라고 하는 가즈랑집 할머니
귀신의 딸이라고 생각하면 슬퍼졌다

---

*　　막써레기: 담배 이파리를 썰어놓은 것.
**　　귀신간시렁: 귀신을 모신 시렁.
***　　당즈깨: 버들고리 등으로 만든 바구니.
****　　신장님 달련: 귀신에게 당하는 시달림.

토끼도 살이 오른다는 때 아르대즘퍼리*에서 제비꼬리 마타리 쇠조지 가지취 고비 고사리 두릅순 회순 산나물을 하는 가즈랑집 할머니를 따르며

　나는 벌써 달디단 물구지우림** 둥굴레우림을 생각하고
　아직 멀은 도토리묵 도토리범벅까지도 그리워한다

　뒤울안 살구나무 아래서 광살구***를 찾다가
　살구벼락을 맞고 울다가 웃는 나를 보고
　밑구멍에 털이 몇 자나 났나 보자고 한 것은 가즈랑집 할머니다
　찰복숭아를 먹다가 씨를 삼키고는 죽는 것만 같아 하루 종일 놀지도 못하고 밥도 안 먹은 것도
　가즈랑집에 마을을 가서
　당세**** 먹은 강아지같이 좋아라고 집오래*****를 설레다 가였다

---

*　　아르대즘퍼리: 지대가 낮은 축축한 땅.
**　 물구지우림: 물구지 뿌리를 우려내 고아낸 것.
***　 광살구: 익어서 저절로 떨어진 살구.
****　 당세: 곡식을 불린 가루에 술을 조금 넣고 묽게 끓인 음식.
*****　집오래: 집 근처.

고방[*]

낡은 질동이에는 갈 줄 모르는 늙은 집난이[**]같이 송구떡이 오래도록 남아 있었다

오지항아리에는 삼춘이 밥보다 좋아하는 찹쌀탁주가 있어서
삼춘의 임내[***]를 내어가며 나와 사춘은 시큼털털한 술을 잘도 채어 먹었다

---

[*]   고방: 광.
[**]   집난이: 출가한 딸(평안 방언).
[***]   임내: 흉내의 고어(평안 방언).

제삿날이면 귀머거리 할아버지 가에서 왕밤을 밝고 싸리 꼬치에 두부산적을 꿰었다

손자아이들이 파리떼같이 모이면 곰의 발 같은 손을 언제나 내어둘렀다

구석의 나무말쿠지*에 할아버지가 삼는 소신 같은 짚신이 둑둑이 걸리어도 있었다

옛말**이 사는 컴컴한 고방의 쌀독 뒤에서 나는 저녁 끼때에 부르는 소리를 듣고도 못 들은 척하였다

---

*   말쿠지: 물건을 걸어두기 위해 나뭇가지를 끈으로 달아맨 것.
**   옛말: 옛이야기(평북 방언).

                    시인의 맛

가키사키榊崎*의 바다

저녁밥 때 비가 들어서
바다엔 배와 사람이 흥성하다

참대창에 바다보다 푸른 고기가 께우며 섬돌에 곱조개가
붙는 집의 복도에서는 배창에 고기 떨어지는 소리가 들렸다

이즉하니 물기에 누굿이 젖은 왕구새자리에서 저녁상을
받은 가슴 앓는 사람은 참치회를 먹지 못하고 눈물겨웠다

어득한 기슭의 행길에 얼굴이 해쓱한 처녀가 새벽달같이

---

*   가키사키榊崎: 일본 이즈 반도 남단 시모다 항 인근의 지명.

아 아즈내*인데 병인病人은 미역 냄새 나는 덧문을 닫고 버러지같이 누웠다

*　아즈내: 초저녁.

시인의 맛

여우난골

박을 삶는 집
할아버지와 손자가 오른 지붕 위에 하늘빛이 진초록이다
우물의 물이 쓸 것만 같다

마을에서는 삼굿*을 하는 날
건넌마을서 사람이 물에 빠져 죽었다는 소문이 왔다

노란 싸릿잎이 한불 깔린 토방에 햇칡방석을 깔고
나는 호박떡을 맛있게도 먹었다

---

* 　삼굿: 삼의 껍질을 벗기기 위해 찌는 일.

어치라는 산새는 벌배* 먹어 고웁다는 골에서 돌배 먹고
아픈 배를 아이들은 떨배 먹고 나았다고 하였다

---

*   벌배: 벌배나무 열매.

백석과 기생 진향(백석이 자야라는 아호를
지어줌)의 슬픈 사랑을 모티프로 쓰인 시
〈나와 나타샤와 흰 당나귀〉(《여성》 1938.3).

여승

여승은 합장하고 절을 했다
가지취의 내음새가 났다
쓸쓸한 낯이 옛날같이 늙었다
나는 불경처럼 서러워졌다

평안도의 어느 산 깊은 금점판
나는 파리한 여인에게서 옥수수를 샀다
여인은 나어린 딸아이를 때리며 가을밤같이 차게 울었다

섶벌같이 나아간 지아비 기다려 십 년이 갔다
지아비는 돌아오지 않고
어린 딸은 도라지꽃이 좋아 돌무덤으로 갔다

시인의 맛

산꿩도 섧게 울은 슬픈 날이 있었다

산절의 마당귀에 여인의 머리오리가 눈물방울과 같이 떨어진 날이 있었다

통영

 구마산의 선창에선 좋아하는 사람이 울며 나리는 배에
올라서 오는 물길이 반날
 갓 나는 고당*은 가깝기도 하다

 바람 맛도 짭짤한 물 맛도 짭짤한

 전복에 해삼에 도미 가재미의 생선이 좋고
 파래에 아개미에 호루기의 젓갈이 좋고

 새벽녘의 거리엔 쾅쾅 북이 울고

---

*   고당 : 고장.

밤새껏 바다에선 뿡뿡 배가 울고

자다가도 일어나 바다로 가고 싶은 곳이다

집집이 아이만한 피도 안 간 대구를 말리는 곳
황화장사 영감이 일본말을 잘도 하는 곳
처녀들은 모두 어장주한테 시집을 가고 싶어한다는 곳

산 너머로 가는 길 돌각담에 갸웃하는 처녀는 금錦이라
는 이 같고
내가 들은 마산 객주집의 어린 딸은 난蘭이라는 이 같고

난이라는 이는 명정골에 산다든데
명정골은 산을 넘어 동백나무 푸르른 감로 같은 물이 솟
는 명정明井 샘이 있는 마을인데
샘터엔 오구작작 물을 긷는 처녀며 새악시들 가운데 내가
좋아하는 그이가 있을 것만 같고
내가 좋아하는 그이는 푸른 가지 붉게붉게 동백꽃 피는
철엔 타관 시집을 갈 것만 같은데
긴 토시 끼고 큰 머리 얹고 오불고불 넘엣거리로 가는 여
인은 평안도서 오신 듯한데 동백꽃 피는 철이 그 언제요

옛 장수 모신 낡은 사당*의 돌층계에 주저앉아서 나는 이 저녁 울 듯 울 듯 한산도 바다에 뱃사공이 되어가며

넝** 낮은 집 담 낮은 집 마당만 높은 집에서 열나흘 달을 업고 손방아만 찧는 내 사람을 생각한다.

---

*   옛 장수 모신 낡은 사당: 이순신 장군을 모신 충렬사.
**   넝: 지붕(평북 방언).

시인의 맛

백석이 사모했던 통영 처녀 박경련(朴).
그녀를 만나러 통영을 찾은 백석의 손에서
통영을 소재로 한 세 편의 시가 태어났다.

노루

—함주시초2

장진 땅이 지붕 너머 넘석하는* 거리다
자구나무 같은 것도 있다
기장 감주에 기장 찰떡이 흔한데다
이 거리에 산골사람이 노루새끼를 다리고 왔다
산골사람은 막베 등거리** 막베 잠방등에***를 입고
노루새끼를 닮았다.
노루새끼 등을 쓸며
터 앞에 당콩순을 다 먹었다 하고

---

* 넘석하는: 넘겨다 보이는.
** 등거리: 등만 덮을 만한 작은 홑옷.
*** 잠방등에: 가랑이가 무릎까지 오는 짧은 홑바지.

서른닷냥 값을 부른다

　노루새끼는 다문다문 흰 점이 백이고 배 안의 털을 너슬
너슬 벗고

　산골사람을 닮았다.

　산골사람의 손을 핥으며

　약자*에 쓴다는 흥정소리를 듣는 듯이

　새까만 눈에 하이얀 것이 가랑가랑하다

선우*사
─ 함주시초4

낡은 나조반**에 흰밥도 가재미도 나도 나와 앉아서
쓸쓸한 저녁을 맞는다

흰밥과 가재미와 나는
우리들은 그 무슨 이야기라도 다 할 것 같다
우리들은 서로 미덥고 정답고 그리고 서로 좋구나

우리들은 맑은 물 밑 해정한 모래톱에서 하구 긴 날을
모래알만 헤이며 잔뼈가 굵은 탓이다

---

*   선우膳友: 반찬 친구라는 뜻.
**   나조반: 음식 소반으로 쓰이는 큰 상.

바람 좋은 한벌판에서 물닭*이 소리를 들으며 단이슬
먹고 나이들은 탓이다

외따른 산골에서 소리개소리 배우며 다람쥐 동무하고 자
라난 탓이다

우리들은 모두 욕심이 없어 희어졌다
착하디 착해서 세괏은** 가시 하나 손아귀 하나 없다
너무나 정갈해서 이렇게 파리했다

우리들은 가난해도 서럽지 않다
우리들은 외로워할 까닭도 없다
그리고 누구 하나 부럽지도 않다

흰밥과 가재미와 나는
우리들이 같이 있으면
세상 같은 건 밖에 나도 좋을 것 같다

---

* 물닭: 뜸북이과 새.
** 세괏은: 억세고 날카로운(평북 방언).

추야일경

닭이 두 홰나 울었는데
안방 큰방은 홰줏하니 당등*을 하고
인간들은 모두 웅성웅성 깨어 있어서들
오가리며 섞박지를 썰고
생강에 파에 청각에 마늘을 다지고

시래기를 삶는 훈훈한 방안에는
양념 내음새가 싱싱도 하다

밖에는 어디서 물새가 우는데
방에선 햇콩두부가 고요히 숨이 들어갔다

정주성

산턱 원두막은 비었나 불빛이 외롭다
헝겊심지에 아주까리 기름의 쪼는 소리가 들리는 듯
하다

잠자리 조을든 무너진 성터
반딧불이 난다 파란 혼들 같다
어디서 말 있는 듯이 커다란 산새 한 마리 어두운 골짜
기로 난다

헐리다 남은 성문이
하늘빛같이 훤하다

날이 밝으면 또 메기수염의 늙은이가 청배를 팔러 올 것
이다

멧새소리

처마끝에 명태를 말린다
명태는 꽁꽁 얼었다
명태는 길다랗고 파리한 물고긴데
꼬리에 길다란 고드름이 달렸다
해는 저물고 날은 다 가고 볕은 서러웁게 차갑다
나도 길다랗고 파리한 명태다
문턱에 꽁꽁 얼어서
가슴에 길다란 고드름이 달렸다

가무래기*의 낙

가무락조개 난 뒷간거리에
빛**을 얻으려 나는 왔다
빛이 안되어 가는 탓에
가무래기도 나도 모두 춥다
추운 거리의 그도 추운 능당*** 쪽을 걸어가며
내 마음은 웃즐댄다 그 무슨 기쁨에 웃즐댄다
이 추운 세상의 한구석에
맑고 가난한 친구가 하나 있어서

---

*   가무래기: 모시조개.
**   빛: 햇빛.
***   능당: 응달.

내가 이렇게 추운 거리를 지나온 걸
얼마나 기뻐하며 낙단하고
그즈런히 손깍지베개 하고 누워서
이 못된 놈의 세상을 크게 크게 욕할 것이다

박각시 오는 저녁

당콩밥에 가지냉국의 저녁을 먹고 나서

바가지꽃 하이얀 지붕에 박각시* 주락시** 붕붕 날아오면

집은 안팎 문을 횅하니 열어 젖기고

인간들은 모두 뒷등성으로 올라 멍석자리를 하고 바람을
쐬이는데

풀밭에는 어느새 하이얀 대림질감들이 한불 널리고

돌우래***며 팟중이**** 산옆이 들썩하니 울어댄다

---

*   박각시: 박각시나방

**   주락시: 주락시나방.

*** 돌우래: 땅강아지.

**** 팟중이: 메뚜기과 곤충.

이리하여 하늘에 별이 잔콩 마당 같고
강낭밭에 이슬이 비 오듯 하는 밤이 된다

내가 이렇게 외면하고

내가 이렇게 외면하고 거리를 걸어가는 것은 잠풍* 날씨
가 너무나 좋은 탓이고

가난한 동무가 새 구두를 신고 지나간 탓이고 언제나 꼭
같은 넥타이를 매고 고운 사람을 사랑하는 탓이다

내가 이렇게 외면하고 거리를 걸어가는 것은 또 내 많지
못한 월급이 얼마나 고마운 탓이고

이렇게 젊은 나이로 코밑수염도 길러보는 탓이고 그리고

---

*   잠풍: 잔잔한 바람.

어느 가난한 집 부엌으로 달재* 생선을 진장**에 꼿꼿이 지
진 것은 맛도 있다는 말이 자꾸 들려오는 탓이다

---

*   달재: 달강어.
**   진장: 오래 묵은 진간장.

개

접시 귀에 소기름이나 소뿔등잔에 아주까리 기름을 켜
는 마을에서는 겨울 밤 개 짖는 소리가 반가웁다

이 무서운 밤을 아래웃방성* 마을 돌아다니는 사람은 있
어 개는 짖는다

낮배** 어니메 치코***에 꿩이라도 걸려서 산 너머 국수집
에 국수를 받으러 가는 사람이 있어도 개는 짖는다

---

*   아래웃방성: 여기저기.
** 낮배: 낮때.
*** 치코: 올가미.

김치가재미선 동치미가 유별히 맛나게 익는 밤

　아배가 밤참 국수를 받으려 가면 나는 큰마니의 돋보기
를 쓰고 앉아 개 짖는 소리를 들은 것이다

시인의 맛

화가 정현웅이 그린 백석의 프로필과 설명문(《문장》 1939.6).

흰 바람벽이 있어

오늘 저녁 이 좁다란 방의 흰 바람벽에
어쩐지 쓸쓸한 것만이 오고 간다
이 흰 바람벽에
희미한 십오 촉 전등이 지치운 불빛을 내어던지고
때글은 다 낡은 무명샤쓰가 어두운 그림자를 쉬이고
그리고 또 달디단 따끈한 감주나 한잔 먹고 싶다고 생각
하는 내 가지가지 외로운 생각이 헤매인다
그런데 이것은 또 어인 일인가
이 흰 바람벽에
내 가난한 늙은 어머니가 있다
내 가난한 늙은 어머니가

이렇게 시퍼러둥둥하니 추운 날인데 차디찬 물에 손은 담

그고 무이며 배추를 씻고 있다

또 내 사랑하는 사람이 있다

내 사랑하는 어여쁜 사람이

어느 먼 앞대* 조용한 개포가의 나즈막한 집에서

그의 지아비와 마주앉아 대구국을 끓여놓고 저녁을 먹는다

벌써 어린 것도 생겨서 옆에 끼고 저녁을 먹는다

그런데 또 이즈막하야 어느 사이엔가

이 흰 바람벽엔

내 쓸쓸한 얼굴을 쳐다보며

이러한 글자들이 지나간다

　　—나는 이 세상에서 가난하고 외롭고 높고 쓸쓸하니

　　살아가도록 태어났다

　　　그리고 이 세상을 살아가는데

　　　내 가슴은 너무도 많이 뜨거운 것으로 호젓한 것으

　　로 사랑으로 슬픔으로 가득 찬다

그리고 이번에는 나를 위로하는 듯이 나를 울력하는 듯이

눈질을 하며 주먹질을 하며 이런 글자들이 지나간다

　　　—하늘이 이 세상을 내일 적에 그가 가장 귀해하고

---

*　　앞대: 남쪽 지방.

사랑하는 것들은 모두

　가난하고 외롭고 높고 쓸쓸하니 그리고 언제나 넘치
는 사랑과 슬픔 속에 살도록 만드신 것이다

　초생달과 바구지꽃과 짝새와 당나귀가 그러하듯이

　그리고 또 '프란시스 잠'과 도연명과 '라이너 마리아
릴케'가 그러하듯이

구장로球場路

—서행시초1

삼 리 밖 강 쟁변엔 자개들에서
비멀이한* 옷을 부숭부숭 말려 입고 오는 길인데
산모롱이 하나 도는 동안에 옷은 또 함북 젖었다

한 이십 리 가면 거리라든데
한겻** 남아 걸어도 거리는 뵈이지 않는다
나는 어느 외진 산길에서 만난 새악시가 곱기도 하던 것과
어느메 강물 속에 들여다 뵈이든 쏘가리가 한 자나 되게
크던 것을 생각하며

---

*   비멀이한: 비에 흠뻑 젖은.
**   한겻: 반나절.

산山비에 젖었다 말렸다 하며 오는 길이다

이젠 배도 출출히 고팠는데
어서 그 옹기장사가 온다는 거리로 들어가면
무엇보다도 먼저 '주류판매업'이라고 써붙인 집으로 들어
가자

그 뜨스한 구들에서
따끈한 삼십오 도 소주나 한 잔 마시고
그리고 그 시래기국에 소피를 넣고 두부를 두고 끓인 구
수한 술국을 트근히
몇 사발이고 왕사발로 몇 사발이고 먹자

북신北新
—서행시초2

거리에서는 모밀내가 났다

부처를 위하는 정갈한 노친네의 내음새 같은 모밀내가
났다

어쩐지 향산香山 부처님이 가까웁다는 거린데

국수집에서는 농짝 같은 도야지를 잡아 걸고 국수에 치는
도야지고기는 돗바늘 같은 털이 드문드문 백였다

나는 이 털도 안 뽑은 도야지고기를 물끄러미 바라보며

또 털도 안 뽑은 고기를 시꺼먼 맨모밀국수에 얹어서 한입
에 꿀꺽 삼키는 사람들을 바라보며

나는 문득 가슴에 뜨끈한 것을 느끼며
소수림왕을 생각한다 광대토대왕을 생각한다

월림장

—서행시초4

'자시동북팔십천희천自是東北八○籵熙川' 팻말이 선 곳
돌능와집에 소달구지에 싸리신에 옛날이 사는 장거리에
어니 근방 산천山川에서 덜거기* 꿱꿱 검방지게 운다

초아흐레 장판에
산 멧도야지 너구리가죽 튀튀새 났다
또 가얌에 귀이리에 도토리묵 도토리범벅도 났다

나는 주먹다시 같은 떡당이에 꿀보다도 달다는 강낭엿을
산다

---

*   덜거기: 수꿩 장끼.

그리고 물이라도 들 듯이 샛노랗디 샛노란 산골 마가슬
볕에 눈이 시울도록 샛노랗디 샛노란 햇기장쌀을 주무르며
　기장쌀은 기장 찰떡이 좋고 기장 차랍*이 좋고 기장 감주
가 좋고 그리고 기장쌀로 쑨 호박죽은 맛도 있는 것을 생각
하며 나는 기쁘다

---

*　차랍: 찰밥.

목구木具

오대五代나 나린다는 크나큰 집 다 찌그러진 들지고방* 어득시근한 구석에서 쌀독과 말쿠지와 숫돌과 신뚝**과 그리고 옛적과 또 열두 제석님과 친하니 살으면서

한 해에 몇 번 매연지난*** 먼 조상들의 최방등 제사에는 컴컴한 고방 구석을 나와서 대멀머리에 외얏맹건을 지르터맨 늙은 제관의 손에 정갈히 몸을 씻고 교우 위에 모신 신주 앞에 환한 촛불 밑에 피나무 소담한 제상 위에 떡 보탕 식혜

---

* 들지고방: 허름한 광.
** 신뚝: 신발을 올려두는 돌.
*** 매연지난: 매년 지낸.

산적 나물지짐 반봉*과일들을 공손하니 받들고 먼 후손들의 공경스러운 절과 잔을 굽어보고 또 애끊는 통곡과 축을 귀애하고 그리고 합문 뒤에는 흠향 오는 귀신들과 호호히 접하는 것

귀신과 사람과 넋과 목숨과 있는 것과 없는 것과 한줌 흙과 한점 살과 먼 옛조상과 먼 훗자손의 거룩한 아득한 슬픔을 담는 것

내 손자의 손자와 손자와 나와 할아버지와 할아버지의 할아버지와 할아버지의 할아버지의 할아버지와… 수원 백씨 정주 백촌白村의 힘세고 꿋꿋하나 어질고 정 많은 호랑이 같은 곰 같은 소 같은 피의 비 같은 밤 같은 달 같은 슬픔을 담는 것 아 슬픔을 담는 것

---

*   반봉: 제상에 올린 생선.

귀농

백구둔白狗屯의 눈 녹이는 밭 가운데 땅 풀리는 밭 가운데
촌부자 노왕老王하고 같이 서서
밭최뚝에 즘부러진 땅버들의 버들개지 피어나는 데서
볕은 장글장글 따사롭고 바람은 솔솔 보드라운데
나는 땅임자 노왕한테 석 섬 지기 밭을 얻는다

노왕은 집에 말과 나귀며 오리에 닭도 우글거리고
고방엔 그득히 감자에 콩 곡식도 들여 쌓이고
노왕은 채매*도 힘이 들고 하루종일 백령조百鈴鳥 소리나
들으려고

---

* 채매:채마밭.

밭을 오늘 나한테 주는 것이고

나는 이젠 귀치 않은 측량도 문서도 싫증이 나고

낮에는 마음 놓고 낮잠도 한잠 자고 싶어서

아전 노릇을 그만두고 밭을 노왕한테 얻는 것이다

날은 챙챙 좋기도 좋은데

눈도 녹으며 술렁거리고 버들도 잎 트며 수선거리고

저 한쪽 마을에는 마돝*에 닭 개 짐승도 들떠들고

또 아이 어른 행길에 뜨락에 사람도 웅성웅성 흥성거려

나는 가슴이 이 무슨 흥에 벅차오며

이 봄에는 이 밭에 감자 강냉이 수박에 오이며 당콩에 마

늘과 파도 심으리라 생각한다

수박이 열면 수박을 먹으며 팔며

감자가 앉으면 감자를 먹으며 팔며

까막까치나 두더쥐 돝벌기**가 와서 먹으면 먹는 대로 두

어두고

도적이 조금 걷어가도 걷어가는 대로 두어두고

---

*   마돝: 말과 돼지.

**   돝벌기: 잎을 갉아먹는 벌레.

아, 노왕, 나는 이렇게 생각하노라

나는 노왕을 보고 웃어 말한다

이리하여 노왕은 밭을 주어 마음이 한가하고

나는 밭을 얻어 마음이 편안하고

디퍽디퍽 눈을 밟으며 터벅터벅 흙도 덮으며

사물사물 햇볕은 목덜미에 간지로워서

노왕은 팔장을 끼고 이랑을 걸어

나는 뒷짐을 지고 고랑을 걸어

밭을 나와 밭뚝을 돌아 도랑을 건너 행길을 돌아

지붕에 바람벽에 울파주에 볕살 쇠리쇠리한 마을을 가리

키며

노왕은 나귀를 타고 앞에 가고

나는 노새를 타고 뒤에 따르고

마을끝 충왕묘蟲王廟에 충왕을 찾아뵈러 가는 길이다

토신묘土神廟에 토신도 찾아뵈러 가는 길이다

두보나 이백같이

오늘은 정월 보름이다

대보름 명절인데

나는 멀리 고향을 나서 남의 나라 쓸쓸한 객고에 있는 신세로다

옛날 두보나 이백 같은 이 나라의 시인도

먼 타관에 나서 이날을 맞은 일이 있었을 것이다

오늘 고향의 내 집에 있는다면

새 옷을 입고 새 신도 신고 떡과 고기도 억병* 먹고

일가친척들과 서로 모여 즐거이 웃음으로 지날 것이언만

나는 오늘 때 묻은 입든 옷에 마른 물고기 한 토막으로

---

* 억병: 매우 많이.

혼자 외로이 앉아 이것저것 쓸쓸한 생각을 하는 것이다

옛날 그 두보나 이백 같은 이 나라의 시인도

이날 이렇게 마른 물고기 한 토막으로 외로이 쓸쓸한 생각을 한 적도 있었을 것이다

나는 이제 어느 먼 외진 거리에 한 고향 사람의 조고마한 가업집이 있는 것을 생각하고

이 집에 가서 그 맛스러운 떡국이라도 한 그릇 사먹으리라 한다

우리네 조상들이 먼먼 옛날로부터 대대로 이날엔 으레히 그러하며 오듯이

먼 타관에 난 그 두보나 이백 같은 이 나라의 시인도 이날은 그 어느 한 고향 사람의 주막이나 반관飯館을 찾아가서

그 조상들이 대대로 하던 본대로 원소元宵라는 떡을 입에 대며

스스로 마음을 느꾸어 위안하지 않았을 것인가

그러면서 이 마음이 맑은 옛 시인들은

먼 훗날 그들의 먼 훗자손들도

그들의 본을 따서 이날에는 원소를 먹을 것을

외로이 타관에 나서도 이 원소를 먹을 것을 생각하며

그들이 아득하니 슬펐을 듯이

나도 떡국을 놓고 아득하니 슬플 것이로다

아, 이 정월 대보름 명절인데

거리에는 오독독이* 탕탕 터지고 호궁胡弓 소리 삘삘 높아서

내 쓸쓸한 마음엔 자꾸 이 나라의 옛 시인들이 그들의 쓸쓸한 마음들이 생각난다

내 쓸쓸한 마음은 아마 두보나 이백 같은 사람들의 마음인지도 모를 것이다

아무려나 이것은 옛투의 쓸쓸한 마음이다

---

* 오독독이: 오독도기. 불꽃놀이에 쓰는 폭죽.

시인의 맛

칠월백중

마을에서는 세불 김*을 다 매고 들에서

개장추렴을 서너 번 하고 나면

백중 좋은 날이 슬그머니 오는데

백중날에는 새악씨들이

생모시치마 천진푀치마의 물팩치기** 껑추렁한 치마에

쇠주푀적삼 항사적삼의 자지고름이 기드렁한 적삼에

한끝나게 상나들이옷을 있는 대로 다 내입고

머리는 다리를 서너 켜레씩 들여서

시뻘건 꼬둘채댕기를 삐뚜룩하니 해 꽂고

---

*   세불 김 : 세벌 김.

** 물팩치기 : 무릎까지 내려오는.

네날백이* 따백이신을 맨발에 바꿔 신고

고개를 몇이라도 넘어서 약물터로 가는데

무썩무썩 더운 날에도 벌 길에는

건들건들 씨언한 바람이 불어오고

허리에 찬 남갑사 주머니에는 오랫만에 돈푼이 들어 즈벅

이고

광지보**에서 나온 은장도에 바늘집에 원앙에 바둑에

번들번들하는 노리개는 스르럭스르럭 소리가 나고

고개를 몇이라도 넘어서 약물터로 오면

약물터엔 사람들이 백재일*** 치듯 하였는데

봉가집****에서 온 사람들도 만나 반가워하고

깨죽이며 문주*****며 섶가락 앞에 송구떡을 사서 권하거니

먹거니 하고

그러다는 백중 물을 내는 소내기를 함뿍 맞고

호주를 하니****** 젖어서 달아나는데

---

*   네날백이: 세로줄이 네 가닥으로 짜인.

**   광지보: 광주리 보자기.

***   백재일: 백차일白遮日.

**** 봉가집: 종가집.

***** 문주: 부꾸미(평북 방언).

******호주를 하니: 후줄근하게.

이번에는 꿈에도 못 잊는 봉가집에 가는 것이다
봉가집을 가면서도 칠월 그믐 초가을을 할 때까지
평안하니 집살이*를 할 것을 생각하고
아끼는 옷을 다 적시어도 비는 씨원만 하다고 생각한다

---

* 집살이: 시집살이.

편지

이 밤 이제 조금만 있으면 닭이 울어서 귀신이 제 집으로 가고 육보름날*이 오겠습니다. 이 좋은 밤에 시꺼먼 잠을 자면 하이얗게 눈썹이 센다는 말은 얼마나 무서운 말입니까. 육보름이면 옛사람의 인정 같은 고사리의 반가운 맛이 나를 울려도 좋듯이, 허연 영감 귀신의 호통 같은 이 무서운 말이 이 밤에 내 잠을 쫓아버려도 나는 좋습니다. 고요하니 즐거운 이 밤 초롱초롱 맑게 괸 수선화 한 폭을 들여다봅니다. 들여다보노라니 그윽한 향기와 새파란 꿈이 안개같이 오르고 또 노란 슬픔이 냇내같이 오릅니다. 나는 이제 이 긴긴 밤을 당신께 이 노란 슬픔의 이야기나 해서 보내도 좋겠습

---

* 육보름날: 보름 다음날. 여기서는 정월 대보름을 가리킴.

시인의 맛

니까?

남쪽 바닷가 어떤 낡은 항구의 처녀 하나를 나는 좋아하였습니다. 머리가 까맣고 눈이 크고 코가 높고 목이 패고 키가 호리낭창하였습니다. 그가 열 살이 못 되어 젊디 젊은 그 아버지는 가슴을 앓아 죽고, 그는 아름다운 젊은 홀어머니와 둘이 동지섣달에도 눈이 오지 않는 따뜻한 이 낡은 항구의 크나큰 기와집에서 그늘진 풀같이 살아왔습니다. 어느해 유월이 저물게 실비 오는 무더운 밤에 처음으로 그를 안 나는 여러 아름다운 것에 그를 견주어보았습니다. 당신께서 좋아하시는 산새에도 해오라비에도 또 진달래에도 그리고 산호에도… 그러나 나는 어리석어서 아름다움이 닮은 것을 골라낼 수 없었습니다.

총명한 내 친구 하나가 그를 비겨서 수선이라고 하였습니다. 그제는 나도 기뻐서 그를 비겨 수선이라고 하였습니다. 그러한 나의 수선이 시들어갑니다. 그는 스물을 넘지 못하고 또 가슴의 병을 얻었습니다. 이 이야기는 이만하고, 나의 노란 슬픔이 더 떠오르지 않게 나는 당신의 보내주신 맑고 고운 수선화의 폭을 치워놓아야 하겠습니다.

밤이 아직 샐 때가 멀고 또 복밥을 먹을 때도 아직 되지 않았습니다. 이제 나는 어머니의 바느질 그릇이 있는 데로 가서 무새헝겊이나 얻어다가 알록달록한 각시나 만들면서

이 남은 밤을 당신께서 좋아하실 내 시골 육보름 밤의 이야기나 해서 보내도 좋겠습니까?

육보름으로 넘어서는 밤은 집집이 안간으로 사랑으로 웃간에도 맏웃간에도 누방에도 허청에도 고방에도 부엌에도 대문간에도 외양간에도 모두 쩨듯하니 불을 켜놓고 복을 맞이하는 밤입니다. 달 밝은 마을의 행길 어디로는 복덩이가 돌아다닐 것도 같은 밤입니다. 닭이 수잠*을 자고 개가 밥물을 먹고 도야지 깃을 들썩이는 밤입니다. 새악시 처녀들은 새 옷을 입고 복물을 긷는다고 벌을 건너기도 하고 고개를 넘기도 하여 부잣집 우물로 가서 반동이에 옹패기에 찰락찰락 물을 길어오며 별 같은 이야기를 재깔재깔하는 밤입니다. 새악시 처녀들은 또 복을 가져오느라고 달을 보고 웃어가며 살기같이 여우같이 부잣집으로 가서는 날쌔기도 하게 기왓골의 기왓장을 벗겨오고 부엌의 솥뚜껑을 들어오고 곱새담**의 짚날을 뽑아오고… 이렇게 허물없는 즐거움 속에 끼득깨득하는 그들은 산에서 내린 무슨 암짐승들이 되어버리는 밤입니다. 그러다는 집으로 들어가서 마음 고요히 세마디 달린 수숫대에 마디마다 콩 한 알씩을 박아 물독 안에

---

* 　수잠: 깊이 들지 않는 잠.
** 　곰새담: 풀 짚으로 만든 담.

넣는 밤인데, 밝은 날 산 끝이라는 웃마디, 중산이라는 가운데 마디, 해변이라는 밑마디의 그 어느 마디의 콩이 붙는가를 보고 그 어느 고장에 풍년이 들 것을 점칠 것입니다. 그러다는 닭이 울어서 새날이 되면 아홉 가지 나물에 아홉 그릇 밥을 먹으며, 먹으면 몸 쏠쐐기*가 쏜다는 김치와, 먹으면 김 맬 때 비가 온다는 물을 자꾸 먹고 싶어 하는 밤입니다. 이렇게 해서 육보름의 아침이 됩니다. 새악시 처녀들은 해뜨기 전에 동리 국수당**의 스무나무 가지를 쩌 오려서 가시가시에 하이얀 솜을 피우고, 그 솜밭 속에 며칠 앞서부터 스물이고 서른이고 만들어놓은 울긋불긋한 각시와 새하얀 할미를 세워서는 굴통담에 곱새담에 장독담에 꽂아놓는데, 이렇게 하면 이 해에는 하루같이 목화밭에서 천 근 목화가 난다고 믿는 그들의 새 옷 스척이는 소리도 좋게 의좋은 짝패들끼리 끼리끼리 밀려다니며 담장마다 머물러서는 목화 따는 할미며 각시와 무슨 이야기나 하는 듯이 즐거워하는 것입니다.

(닭이 우나?) 아, 닭이 웁니다. 나는 이만 이야기를 그치고 복밥을 기다리는 얼마 아닌 동안 신선과 고사리와 수선화와 병든 내 사람이나 생각하겠습니다.

---

* 쏠쐐기: 소나무 송충이.
** 국수당: 서낭당(평안 방언).

무지개 뻗치듯 만세교

함마 천 평 넓은 벌이 툭 터진 곳에 동해 좋은 바다가 곁들이고 신흥, 장진 선선한 바람이 넘나들고… 함흥은 서늘업게 태어난 고장이다. 아카시아, 백양목의 그늘이 좋고 드높은 하늘에 구름이 깨끗하고 샘물이 차고 달고…. 함흥은 분명히 서늘업게 태어난 고장이다. 이 서늘어운 도시에 성천강 좋은 물이 흘러 더욱 좋다. 강은 한번 마음대로 넓어보아서 북관놈의 마음씨같이 시원한데 산빗물 불은 이 강에 백운산 하이얀 뭉게구름이 날리고 정화릉 백구새 날리고 신흥골동바람이 날리는 때 함흥 사람도 같이 뛰어들어 천상의 서늘어움을 얻으며 자랑웃음을 웃는다.

강은 해정한 사주沙柱를 어루만지며 날아가고 푸르른 동둑은 강을 따라 한없이 뻗는데 동둑을 걸으면 걷는 몸이 온통 푸르르고 눈을 들어 쳐다보면 관모, 백운에 흰 눈이 쌓여 몸 속에 찬기가 오싹하는 것은 함흥 사람이다. 강이 넓으니 다리가 길어 만세교인데 난간에 기대이면 함흥벌 변두리가 감감쇠리하여 태고같이 아득하고 장진산골 날여멕이 바람이 강물을 스쳐와 회이한 선미仙味가 구름 위에 떴구나 하고 생각게 하는데 낮보다도 낮이 기울고 개밥바래기 별이 떠서부터 모작별이 넘어가는 밤 동안 그 위를 지중지중 거니는 것은 함흥 사람이 서울 사람의 경복궁과 바꾸지 않을 것인 것이다.

그러나 함흥은 강과 다리에 그 냉미冷味를 다하지 않는다. 진산 반룡산의 조망과 바람에서 얻는 냉미! Y여학교의 뒤로 서양인 선교사들의 집을 지나 공자묘의 뒷담벽을 대어 산마루로 올라타면 벌써 날아갈 듯한 바람이 휙휙 마주내받고 눈을 들면 신흥 장진의 컴컴하니 그늘진 체모가 함주 연산의 수장한 모습이며 동해의 말숙하고 새틋한 모습이 모두 오장육부의 더위를 몰아내이는데 이제 이 산마루 어데바루 낙엽송이나 적송 그늘 좋은 밑에 함흥 소주잔을 기울이는 냉미는 반천 년 고도의 심장이 아니면 알지 못할 것이다.

함흥의 서늘어움은 그래도 동해를 두고는 없다. 서함흥역에서 한 20분 가면 구룡리 해수욕장이다. 동해의 맑은 물도 맑은 물인데 10리에 넘는 기나긴 모래사장이 테를 쭉 두르고 앞에는 눈길을 가로막는 것이 없이 쪽빛 같은 바다가 뱅글뱅글 돌아간다.

물결이 좀 높으나 높은 대로 또 시원한 맛이 있고 그리 멀리 옅지 못하나 그런 대로 또 물은 정해서 좋다. 발뒤꿈치로 물밑을 쑤시면 대합조개 명주조개 고초조개 같은 것이 집히우고 세모래가 부드러워서 모래찜이 간지럽게 좋고 어쩐지 엑조틱한 정서가 해조 내음새같이 떠도는 이 해빈海濱에서 까닭없이 알착하니 가슴을 앓는 것은 나뿐이 아닐 터이지만 지난 여름 어느 날 백계 러시아의 어여쁜 처녀들을 이 해변에서 만난 뒤로 나는 이 구룡을 생각하는 마음이 아주 간절해졌다.

흥남, 천기리의 조질계朝窒系 공장들이 가까운 곳인데도 구룡은 바다에 기름이 뜨지 않고 더러운 쇠배가 뜨지 아니하고 해서 그보다 좋은 서호진이 에서 멀지 않으나 서호는 제대로 행세하는 탓에 함흥 사람들은 가까운 이 구룡을 내 것같이 여기고 다니는 것이다. 납량이면 다시 더 없을 것이나 또 납량의 풍류를 함흥이 모른대서는 아니다. 만세교를 건너는 낚시질꾼들의 멋들어진 체모를 보고는 얼만하지 않은 풍류가 서상리의 늪에 개울에 그 늪에 그 개울에 드리운 낚싯대에 그 낚싯대에 달려나오는 은빛 비늘에 얻는 것을 알 것이다. 벼 푸른 논 가운데 작은 삿갓의 그늘을 신세지고 서서 낚는 손바닥 같은 눕고기 붕어 수양버들 늘어진 아래 자리 깔고 앉아 낚는 개울고기 천에, 버들지, 이렇게 해서 천렵이 벌어지는 서늘어움을 10리계에 두고 사는 함흥 사람들은 함흥이란 데만큼 살기 좋은 고장이 없다고 좀 야무지나마 투박한 사투리로 말하는 줄 아십니까.

백석의 수필 〈동해〉와 〈무지개 뻗치듯
만세교〉에 등장하는 함흥 만세교. 목조다리
시절에는 조선에서 가장 긴 다리였다고 한다.
만세교 아래서 백석은 털게, 가자미, 전복
등속에 소주를 즐겼다.

시인의 맛

소설가의 맛

++ 채만식

산적

종로 행랑 뒷골 어느 선술집이다.

바깥이 컴컴 어둡고 찬바람 끝이 귀때기를 꼬집어 떼는 듯이 추운 대신 술청 안은 불이 환하게 밝고 아늑한 게 뜨스하다.

드나드는 문 앞에서 보면 바로 왼편에 남대문만한 솥을 둘이나 건 아궁이가 있고, 그 다음으로 술아범이 재판소의 판사 영감처럼 목로 위에 높직이 앉아 연해 술을 치고, 그 옆에가 조금 사이를 두고 안주장이 벌어져 있다. 그리고 그리로 돌아서 마방간의 말죽 구유 같은(평평하니까 말죽 구유와는 좀 다를까?) 선반, 도마가 있고, 그 위에가 식칼, 간장, 초장, 고추장, 소금 무엇무엇 담긴 주발이 죽 놓여 있다. 안주 굽는 화로는 목로에서 마주보이게 놓여 있다.

어디 가보나 다 마치 한가지인 선술집의 시커먼 땟국이 그래도 밤이라 그러한지 그다지 완연하게 드러나 보이지는 않는다.

술꾼은 밤이 아직 이르기 때문에 그다지 많지 않고, 두어 패가 들어서서 제각기 경성 시민 공동용의 붉은 — 입이 닿는 곳은 하얗게 벗어진 젓가락 한 쌍씩을 들고 안주를 구워가며 혹은 김이 무럭무럭 오르는 술국을 훌훌 마셔가며 술들을 먹는다.

— 약주 석 잔 놓우.

— 아, 그렇잖수?

— 네! 긴 생입쇼.

— 약주 석 잔 났습니다.

— 국 한 그릇 뜨우.

— 한 잔만 더 해요.

— 이건 과한걸요.

드나드는 문 옆에다 새로 백탄불이 이글이글하는 화로 하나를 가져다 놓고 선술집 모양과 똑같이 땟국이 흐르는 더부살이가 산적을 굽기 시작한다.

피— 지글지글…

흰 연기가 물씬 솟아나며 맛난 냄새가 코를 콕 찌른다.

선술집— (평민적 기분＋구수한 냄새＋땟국) ＝ 0

소설가의 맛

구수한 냄새가 침이 넘어가게 하는데다가 새로 일어나는 고기 익는 냄새는 회가 동하게 한다.

나는 아내를 시켜 전당을 잡히러 보내놓고 속으로 시간을 계산하여 보았다.

가기에 십 분 누더기니까 뇌작거리느라고 오 분, 아차 단번 들어가는 데서는 안될 것이고 몇 군데 다니느라면 그것이 한 십오 분, 쌀을 팔아가지고 오느라면 십오 분, 그래서 삼십오 분.

삼십오 분! 삼십오 분이 나에게는 서른닷새나 되는 것같이 아득하였다.

그뿐인가. 돌아와서 밥을 짓느라면 사십 분은 걸릴 텐데. 그러면 칠십오 분.

칠십오 분을 지나야 입에 밥이 들어가겠거니 생각을 하니 한심하기도 하면서 한편으로는 김이 무럭무럭 나는 허연 더운밥을 먹을 일이 기쁘기도 하였다.

나의 하는 소리가 허천이 난 놈 같기도 하겠지만 밤낮 하루를 꼬박 굶어보면 누구나 함직한 소리다.

"왜 육신이 멀쩡한 놈이 굶어?"

하면,

"직업을 잃었기 때문에."

"왜 직업을 잃어?"

하면,

"자유주의 운동을 하는 놈더러 욕지거리로 반박을 써서 발표했다고."

"왜 다시 취직을 못해?"

하면,

"게蟹 꼬리만한 보통 상식밖에 가진 것이 없기 때문에."

"그래서?"

하면,

"그래서? …?"

"앞으로는?"

하면,

"굶어죽잖을 도리를 차려가면서…"

"흥."

하면,

"흥."

사실 나 같은 놈은 그대로 죽어나 버리면 고소하게 여길 놈도 있겠지만, 그러나 굶어죽지 않고 이렇게 버젓하게 살아가며 이렇게 얄미운 소리만 하고 있는 것만 보아라.

그리고 이 앞으로도… 응 응…

그러나 그것은 모두 군말이고.

나는 그 삼십오 분과 사십 분을 기다리기가 정말 괴로웠다. 잊어버리고 누워서 책이나 볼까 하였으나 책이 밥그릇으로 보이고 국으로 보였다.

아무것도 없을 뱃속에서는 무엇인지 청승맞게 꼬르륵꼬르륵 소리가 나고 그럴 때마다 창자가 끊기는 것같이 속이 쓰렸다.

겨우겨우 어떻게 해서 한 삼사십 분 보낸 듯한데 여편네는 오지를 아니하였다. 한 시간 가량이나 지나도 오지를 아니하였다.

속으로 별의별 생각을 다 하여 보았다. 그만 나에게 싫증이 나서 달아나 버렸나? 전차에나 치었나? 못 잡히고 여기저기 창피를 보며 덜덜 떨고 다니나? 혹 어느 놈에게…?

그러는 동안에 문 앞에서 발자국 소리가 나며,

"여보— "

하는 아내의 반가운 소리가 들렸다.

나는 얼핏 일어나 방문을 열며,

"되었소?"

하고 물었다.

아내는 대문을 닫고 들어섰다. 남의 집 행랑방이라 출입은 아주 간편하였다.

아내는 컴컴 어둔 데 선 채,

"그새 화롯불이나 좀 피워두지."

하고 바가지를 긁었다.

"화롯불은 해 무얼 해?"

"산적 구워 먹지 무얼 해?"

"산적?"

"응."

아내는 손에 신문지에다 조그맣게 꾸린 것을 들고 방으로 들어왔다. 그러나 쌀은 팔아가지고 온 것이 보이지 아니하였다.

"그건 뭐요, 대관절?"

"고기지 뭐야!"

"고기? 웬 고기?"

"산적 구워 먹으려구."

"산적?"

"쌀은? 밥은?"

"밥? … 어이구머니… 참…"

나는 그와 삼 년이나 같이 살았어야 그때처럼 놀라고 그때처럼 무렴해하고 그때처럼 슬퍼하는 것을 본 적이 없었다.

그는 놀라움과 무렴함과 슬픔이 한꺼번에 얼굴로 확 치켜올라 멍하니 끄먹끄먹하고 앉았다가 두 눈에서 줄기 같은 눈물이 쏟아져 내렸다.

"대관절 웬 셈이오? 무엇 땜에 그래?"

"이걸 어떡허우?"

"무얼?"

"쌀 팔 것을 못 생각허구 고기만…"

나는 기가 막혀 픽 웃었다.

"바보."

아내는 고개를 숙이고 말을 더 하지 못하였다.

"대관절 웬 셈인지 이야기나 좀 허구려. 잽히기는 얼마에 잽혔수?"

"오십 전."

"그래서?"

아내는 나를 치어다보고 고개를 숙이며 쌕 웃었다. 계집의 눈물이란 과연 값이 흲다. 그래도 삼 년이나 같이 산 남편이라고 허물이 없대서고 꼴에 또 여자의 본능으로 애교 쳇것을 부리는지 고개를 갸웃갸웃하고 쌕쌕 웃기만 하였다.

나는 고기가 먹고 싶어 그랬나 보다고 짐작만 하였다.

"그래, 고기가 먹고 싶어서 오십 전어치를 다 샀단 말이지? 바보! 쌀을 두 되만 팔구 이십 전어치만 사두 좋을 텐데 그래?"

"아니야."

"그럼?"

"어따 저… 저…"

"그래서?"

"전당을 잽혀가지구 선술집 앞을 지나는데…"

"그래서?"

"안주를 굽고 더운 국을 훌훌 마셔가면서 술들을 먹는데…"

"그래, 당신두 한잔 생각이 나드란 말이지?"

"아니야."

"그럼?"

"구수한 냄새가… 나는데… 또 마침 산적을 — 불이 이글
이글한 화로에다 석쇠를 놓구 산적을 다뿍 굽겠지."

"응."

이 '응' 하고 대답한 것은 나도 솔깃하여 한 소리였었다.

"그런데 그 냄새가 코로 들어오는데 아주… 호호."

"허허허허… 그래서?"

"그래서 얼핏 푸줏간에 가서 고기를…"

여편네는 고개를 푹 숙이고 손가락만 질근질근 깨물었다.

나는 소리를 내어 웃었다.

"괜찮소. 자, 그럼 우리 이거로 산적 구워 먹읍시다."

하고 나는 팔을 걷고 일어섰다.

여편네는 그래도 민망한 듯이 머뭇거리다가,

"가서 물러 가지구 올 테야."

소설가의 맛

하고 고기를 집어 들었다.

"허따, 뭘 그래. 지금 가지구 가야 물러 주지두 않구, 또
그렇게 먹고 싶든 거니까 해먹지 뭘."

"내일은?"

"내일은 또 어떻게 헐 셈치구… 허허허허."

나는 뱃속껏 유쾌하게 웃었다. 사실 유쾌하였다. 여편네
도 같이 웃었다.

양념도 변변치 못하건만 산적 맛이 퍽도 맛이 있었다.

향연

신천총 영감은 오늘도 어저께처럼 그리고 그저께처럼 그 그저께처럼, 또 그리고 달포 전부터 시작하여 그새 매일 일과 삼아 해오던 대로 오늘도 천천히 걸어서 문안으로 들어왔다.

별로 급하게 온 바도 아니지만 후유-후유 황토마루 네거리에 당도하니 등에 처근히 땀이 젖는다. 삼개麻浦서 쫀쫀한 십리길, 젊은 사람들과 달라 파근히 지친 품이 길바닥에라도 그대로 드러누웠으면 편안할 것같이 대견하다.

내일 모레가 단오니 가령 모시 것이야 생심도 못하리라 하겠지만 적이나 하면 인조라도 항라 두루마기 하나쯤 입었어야 할 것을, 이 특특한 당목 두루마기가 철도 아니려니와 제일에 무겁고 더워 못하겠다.

집들이 배고 땅이 옹색한데다 차, 가마와 사람의 왕래로

바쁜 거리에서라, 조금씩 길 한귀퉁이로 귀물답게 위해놓은 잔디하며 게 체조나 하듯이 흘지게 나란히를 하고 섰는 나무街路樹 하며가, 풀이 숲이 흔해서 보아도 못 보고 사는 문밖보다 새삼스럽게 눈에 든다. 잔디는 먼지를 썼어도 푸르고, 나뭇잎은 알아보게 넓어 길바닥으로 제법 소담스런 그늘을 아롱거리고 있다.

적실히 풀잎과 나뭇잎에서 여름 소식을 알겠다. 여름인가 하면 겨울같이 겁이 난다. 하기야 여름이 오거나 봄이 가거나 뉘우칠 게 없는 다 늙은 세월이지만, 옷은 무거운데 날로 더위가 더하니 그게 걱정이다. 오늘 같은 날은 삼복중이라고 해도 곧이들리겠다.

이런 생각을 하는 줄 모르고 하면서 신천총 영감은 고단한 몸을, 그래도 인제는 오기는 다 왔느니라 마음 놓이는 마음에 잠깐 그늘 밑으로 들어서서 쉬기보다 어서 바삐 그리로 가보고 싶다.

부민관의 큰 시계는 조그마해서 노안老眼에 보이지 않고 순포막 앞을 지나다가 들여다보니 꼭 두점이다. 때는 마침 알맞다.

지름길이라 ××일보사의 뒷문께를 여살펴본다. 아무것도 아무것도 없다. 부민관 뒷문 옆에는 먹자죽이 흥건하게,

○○○ 군

결혼식장

○○○ 양

이렇게 쓴 '광고'가 붙어 있다.

여인네 섞어 사람이 꼬리를 물고 들어간다. 신천총 영감도 들어간다. 혼인 복장을 한 젊은이가 허리를 굽히면서 '어서 오십시오' 공손히 인사를 한다. 또 한 사람은 노랑꽃을 가슴에 달아준다.

"신랑 신부는 아직 아니왔소?"

"네에, 아직… 아마 오래잖아서 오겠습니다."

"날이 좋아서 참 다행이군!"

"네에, 날이 좋아서…"

이런 문답을 지날말 삼아 인사 삼아 하고 나서 신천총 영 감은 삼 층의 식장으로 올라간다. 벌써 안팎 손님이 빡빡하게 모였다. 예식 시작을 기다리기도 지리했거니와 예식도 퍽 지리했다. 신부의 걸음은 어찌 그리 늘어지며, 주례의 이야기는 어찌 그리 길며, 축사는 어찌 그리 여럿이 자꾸자꾸 하며, 축전 축문은 어찌 그리 많으며…

겨우겨우 예식이 끝나고 다른 손님들과 신천총 영감도 문밖으로 나왔을 때에는 배가 허리에 착 붙고 허기가 졌다. 시계를 올려다보니 아마 석점 반이 지난 것 같다.

자동차가 연락부절로 오고 가고 한다. 젊은이 하나가 노인 어서 타시라면서 허리를 굽혀 모신다. 시장한데 ×××관이라는 요릿집까지 걸어갈 일이 꿈만 하더니 십상 좋았다.

예식 때보다 더 마음 지리하게 기다려서야 겨우 식당으로 옮아 앉았다. 그러나 잔치에서는 음식을 먹으면서 축사를 해서 해롭잖다.

신천총 영감은 우선 앞에 놓인 접시에다가 이것저것 음식을 걷는다. 전유어, 편육, 생전복, 적, 민어회, 닭조림, 제육조림, 생선찜, 떡, 그밖에도 많다. 족편이 있나 하고 둘러보았으나 없다.

음식을 걷어다 놓고는 비로소 먹기 시작하는데, 그러나 걷어온 놈이 아니고 원접시엣치다. 달게 먹는다. 맛있는 음식인데 시장했겠다, 한데 노인이니 달지 않을 수가 없다.

전유어는 연해서 좋고, 제육조림은 진건해서 좋고, 닭조림은 뼈는 성가시어도 훗입맛이 감칠맛이 있어 좋다. 민어회가 산 듯한데 멀어서 고개를 늘리고 끼웃거리니까 그 앞의 젊은이가 얼핏 접시째 집어주면서, 노인 이것 좀 잡수십시오 한다. 자시지 다 주느냐고 사양하면서 받으니까, 좋습니다고 초고추장까지 집어준다.

바닥 원접시의 음식이 엔간히 동난 뒤에야 신천총 영감은 비로소 국수를 먹는다. 국수 다음에는 꿀을 찍어서 떡, 떡 다음에는 과실인데 사과를 한 알 집어다가 먹진 않고 앞에 놓아둔다.

둘러보니 접시들이 거진 깨끗이 비었다. 손님도 하나둘 물러나가서 자리도 이빨이 빠진다. 신천총 영감은 적당한 시기로 생각하고 손수건—이라기보다 보자기뻘 되는 헝겊—을 펴놓고서 맨 처음에 걷어 모아놓은 음식을 싼다. 사과도 잊지 않고.

맛있는 음식을 시장한 끝에 배불리 먹고 나니 몸이 나른하다. 그래도 인제는 그만하고 일어서야지 갈 길이 바쁘다.

일어서려고 하다가 보니 옆에서 젊은 친구 하나가 궐련을 피워 물고 푹 내뿜는데 어떻게도 향긋한지 앉은 자리가 떨어지질 않는다. 그게 아니라도 아까부터 속이 싱거언 입안이 텁텁해서 한 대 생각이 간절하던 참이다.

"거 성냥 있거던 좀 빌리시요."

신천총 영감은 조끼 호주머니에서 마코 곽을 꺼내 들고 젊은 친구를 들여다본다.

"네, 여기 있습니다."

조그만 성냥곽을 선뜻 꺼내 준다. 신천총 영감은 담배곽을 만지고 들여다보고 하다가 허허 웃는다.

"담배가 없군! 원 담배두 없으면서 성냥을 빌렸담? 허허

허… 옜소, 이 성냥 도루 너시요. 원 그런 줄 알었으면 사가지
구 왔지! 내남없이 나이 늙으면 이래 못쓰는 법이야! 허허."

젊은 친구는 싱그레 웃고 있다가 제 담배곽—피종을 내
놓는다.

"이걸 피우시지요."

"에, 거 미안해서…"

"피우십시요, 괜찮습니다."

"그래두 원…. 그럼 어디 한 대만…"

"네에, 피우세요. 노인께 젊은 놈이 피우던 곽을 디려서
되려 죄송합니다."

"원, 천만엣! 안헐 겸사를 다 허우 그려!"

향긋한 궐련까지 피워 물고 자리를 물러와 아래층으로
내려오니 여럿이 늘어서서 배웅을 한다.

"왜 발써 가십니까? … 좀 더…"

"예, 내 좀 가볼 디가 있어서… 거 날이 좋아서 더 경사스
럽소!"

"네, 날이 참 좋아서…"

"난 그럼 먼점 가우."

"네, 안녕히…"

신천총 영감은 시커멓게 늘어놓은 구두들 틈에 섞인 낡
은 고무신을 찾아 신고 문앞으로 나섰다.

대단히 만족이다. 손에 꾸려 든 음식도, 딸이 부탁하던 족편이 없어서 섭섭했지만 그 대신 생전복은 있으니 괜찮다.

십리 길을 도로 허덕허덕 걸어나갈 일이 따분했으나, 그역시 시방은 배가 든든해서 아까 들어올 때보다는 한결이다.

문앞을 다 나와서 돌려다 보니,

○○○ 군
결혼피로연회장
○○○ 양

이런 '광고'가 서서 있다.

신천총 영감은 ○○○ 군이 누구며 ○○○ 양이 누군지는 모르겠어도 아마 돈냥이나 있나 보다고, 그러길래 혼인잔치도 그만큼이나 잘 차렸지야고 생각하면서 트림을 걸게 끄르륵, 천천히 걸어간다.

소설가의 맛

냉동어

약속한 시간대로 네시 반가량 해서 스미꼬는 찾아왔었고, 얼마 동안 기다리게 앉혀두었다가, 김과 박 두 사람까지 같이 데리고 사를 나섰다. 무얼 대접하려면서 여자만 따가지고 나오기도 민망했거니와, 또 서로 주축을 하도록 가까이할 기회를 주고도 싶었던 것이다.

데리고는 나섰으나, 막상 생각하니 발길을 두르고 갈 곳이 막연했다. 아까 전화로는 눈물이 나도록 맛있는 진수성찬이라고 했고, 시방은 와서 무어냐고 자꾸만 물어싸서, 입으로 조선 문화를 배우게 해주마고 했고, 그러니 조선 음식을 대접해야 할 판인데, 그게 도무지 어중떴다.

설렁탕이나 비빔밥이나 또 상밥집이며 목로집은 그 조선 맛이 너무 지독하니 (아직) 이르고. 요릿집은 너무 크고 또 크기나 할 따름이지 특별 맞춤상은 혹시 몰라도, 진소위 논메강경이는 은진미륵으로 꾸려가고 과부집 종놈은 왕방울로 한몫 본다듯이, 요즈막 조선 요릿집의 음식이란 게 명색 신선로 하나가(그것도 알고 보면 내용보다 외관 — 그릇이 더) 조선 음식이랍시고 잔명을 지탱할 뿐, 그 밖엔 흡사 만국 요리의 빈약한 성관을 발휘하는 괴물인 걸. 하니 본의도 아닌 터에 돈 낭비하면서 애꿎은 미각의 노스텔지어를 탐하잘 머리는 없고. 집에는 동치미가 마악 맛이 들고 배추김치 또한 으수했으나, 여자들을 그토록까지 노둔하게 모욕할 수는 없고.

그러고는 겨우 화신의 조선정식이라고 하는 것이 남는데, 촌 쟁퉁이처럼 그 야단스런 걸 그들먹하니 차고 앉아 먹어대기란, 약한 비위론 못할 짓이지만, 그저 초학 방예하는 셈 잡고서, 그놈 신세를 지는 게 유일한 방책일 것 같았다.

네거리를 향해 걸어가면서 곰곰 생각하자니, 무슨 그리 푸달진 재산이라고 구태여 자랑을 한다거나 생색을 낼 염량은 추호도 없는 것이지만, 막부득이한 경우에 다른 나라 손님을 위하여 제 맛을 지닌 음식 한 끼 변변히 대접할 주제도 못되는가 하면, 한심하기는새려 몰골들이 오히려 고소했다.

약속이, 눈물이 나도록 맛있는 성찬이던 고로, 속는 줄을 모르고서 시키는 대로 우선 맨입에다가 그 지독한 깍두기를 냄새조차 참아가며 한 젓가락 덥석 물었고….

소설가의 맛

뻐언한 노릇이지, 단박 눈물이 핑-

"히도이와! 히도이와!"(너무해! 너무해!)

하고 원망을 해싸면서, 그렇다고 체모에 얼른 도로 뱉지도 못하고 그대로 먹잔즉은 입 안이 시베리아 같고, 그래 꼼짝할 수 없이 한동안 고생을 하여 좌석은 덕분에 한 흥을 얻었고.

저녁을 마친 후 다시 일행은 훨씬 돌아다니며 혹은 음악 좋은 집의 차도 마시며 심심찮이 놀았고, 마지막 두 친구에게는 바래다준다는 명목으로 혼자서 여자와 더불어 아파트로 돌아왔다.

방안에는 소치의 모란 족자가 자못 어색히 걸려 있고, 경대는 삐삐, 과실이 큰 접시에 소담했고, 그리고 포도주가 조금도 줄지 않고서 반 병 고대로 있는 게 어쩐지 여자가 무던한 것 같아 마음 믿음직스러웠다.*

---

* 이 글은 소설 〈냉동어〉의 일부임.

1920년대 선술집의 풍경(《동아일보》1924.11.24).
채만식은 〈산적〉에서 '선술집-(평민적 기분+구수한 냄새+맷국)=0'
이라고 재치있게 선술집의 풍경을 묘사하였다.

명태

근일 품귀로, 이하 한갓 전설에 불과한 허물은 필자의 질
바 아니다.

명천明川 태가太哥가 비로소 잡아 팔았대서 왈 명태明太요,
본명은 북어北魚요, 혹 입이 험한 사람은 원산元山말뚝이라고
도 칭한다. 빼빼 마르고 기다란 몸瘦軀長身, 피골이 상접, 한 3
년 벽곡辟穀*이라도 하고 온 친구의 형용이다.

배를 따고 내장을 싹싹 긁어내어 싸리로 목줄띠를 꿰어
쇳소리가 나도록 바싹 말랐다. 눈을 모조리 빼었다. 천하에
이에서 더한 악형惡刑도 있을까. 모름지기 명태 신세는 되지
말 일이다.

---

* 벽곡: 곡식은 안 먹고 솔잎, 대추, 밤 따위만 날로 조금씩 먹음.

조선 13도 방방곡곡 명태 없는 곳이 없다. 아무리 궁벽한 산골이라도 구멍가게를 들여다보면 팔다 남은 한두 쾌는 하다못해 몇 마리라도 퀴퀴한 먼지와 더불어 한구석에 놓여 있다. 그러니 조선땅 백성이 얼마나 명태를 흔케 먹는지를 미루어 알리라.

참으로 조선 사람의 식탁에 오르는 것으로 명색이 어육魚肉이라 이름하는 것 가운데 명태만큼 만만한 것도 별반 없을 것이다. 굉장히 차리는 잔칫상에도 오르고,

"쯧, 고기는 해 무얼 허나! 그 명태나 한 마리 사다가…"

하는 쯤의 허술한 손님 대접의 밥상에도 오른다.

산 사람이 먹고 산 사람 대접만 하는 것이 아니라, 경經 읽는 경상에도 명태 세 마리는 반드시 오르고, 초상집에서 문간에다 차려놓는 사자 밥상에도 짚신 세 켤레와 더불어 세 마리의 명태가 반드시 오른다.(그런 걸 보면 귀신도 조선 귀신은 명태를 좋아하는 모양이야!)

어린 아들놈 처가세배妻家歲拜 보내면서 떡이야 고기야 장만하기 번폐스러우면 명태 한 쾌 사다 괴나리봇짐 해 지워 보내기도 하고, 바깥양반이 출입했다 불시로 돌아온 저녁밥상에, 시아버님 제사 때 쓰려고 벽장 속에 매달아 두었던 명태 두 마리를 아낌없이 꺼내다가 국 끓이는 아낙도 종종 있다.

상갓집에 경촉經燭에다 명태 한 쾌 얼러 부조하기도 하고,

　　　　　　　　　　　소설가의 맛

섣달 세밑에 듬씬 세찬을 가지고 들어온 소작인에게다 명태 한 쾌씩 들려주어 보내는 후덕한 지주도 더러 있다. 명태란 그러고 보니 요샛날 케이크 한 상자, 과실 한 꾸러미 이상으로 이용이 편리한 물건이었던가 보다.

망치로 두드려 죽죽 찢어서 고추장이나 간장에 찍어, 막걸리 안주로는 덮을 게 없는 것이 명태다. 쪼개서 물에 불렸다 달걀을 씌워 제사상에 괴어놓는 건 전라도 풍속. 서울서는 선술집에서 흔히 보는바 찜이 제일 윗질 가는 명태 요리일 것이다.

잘게 펴서 기름장에 무쳐놓으면 명태자반이요, 굵게 찢어서 달걀 풀고 국 끓이면 술국으로 일미다.

끝으로 군소리 한마디. 40년 전인지 50년 전인지 북미北美로 이민 간 조선사람 두 사람이 하루는 어디선지 어떻게 하다가 명태 세 마리가 생겼더란다. 오래 그리던 고토故土의 미각인지라 항용 생각하기에는 세 마리의 명태를 천하 없는 귀한 음식인 듯이 보는 그 당장 먹어 치웠으려니 하겠지만, 아니다! 두 사람은 그를 놓고 앉아 보기만 하더라고.

애저찜

며칠 전 광주에 갔다가…

아침에 여관집 마당으로 도야지 새끼가 조막만씩한 놈이 두 마리, 꼴꼴 돌아다니는 것을 조▉가,

"흥! 남의 회만 건드리는구나!"

하는 소리를 듣고 그럴 성해서 웃었더니, 밤에 마침 조가 설두設頭*한 애저찜의 대접을 받았었다.

겨우 젖이 떨어졌을까 말까 한 도야지 새끼를 속만 그러내고 통으로 푹신 고아 육개장 하듯이 괴어서 국물에 먹는데, 이야기는 많이 들었어도 입을 대기는 비로소 처음이고, 처음이라 그런지 좀 애색했다.

---

* 설두: 일에 앞장섬.

하기야 연계軟鷄찜을 먹는 일을 생각하면 도야지 새끼를 통으로 삶아 먹는다고 별반 애색할 것은 없는 노릇이다.

또 우리가 일상 흔연히 감식甘食을 하는 계란이며 어란魚卵이며 하는 것도 다 따지고 보면 천하 잔인스런 짓이요, 하필 애저찜만이 아닐 것이다.

더욱이 원숭이를 꽁꽁 묶어 불 달군 가마솥 위에 달아 매 놓고는 줄을 늦춰 발바닥을 지지고 지지고 한다 치면 요놈이 약이 있는 대로 죄다 머리로 오른다든지 할 때에, 청룡도로 목을 뎅겅 잘라 가지고는 골을 뽑아 지져 먹는다는 원뇌탕猿腦湯이란 것에 비한다면, 애저찜쯤은 오히려 부처님의 요리라고 할 것이다.

그렇건만 역시 처음이라 그랬던지 비위에 잘 받지를 않는데, 아 그러자 아침에 여관집 마당으로 산 채 꼴꼴거리면서 돌아다니던 도야지 새끼가 눈에 밟히면서, 일변 또 간밤에 애기 기생이 한 놈 불려와서는 노래를 한답시고 애를 써 쌓는다 시달림을 받는다 하는 게 문득 애저찜이라는 것을 연상케 하던 일이 생각이 나는 통에, 그만 비위가 역하여 웬만큼 젓가락을 놓았었다.

맛은 그러나 일종 별미에 속한다고 할 수가 있고, 그 중에도 술안주로는 썩 되었고, 다만 너무 기름진 게 나 같은 체질에는 맞지 않을 성불렀다.

동행 중 최박사 역시 지방질은 많이 받지 않는 모양, 조금 하다가 말았지만, 신변호사는 근일에야 맛을 들였다면서 고기는 물론 뼈까지 쪼옥쪽 빨아먹고 그 뱉은 뼈가 앞에 수북한 데에 한바탕 놀림거리가 되었었다.

아무튼 다시 보장하거니와 술안주로는 천하일품이니, 일찍이 맛보지 못한 문단 주호酒豪는 모름지기 전남으로 한바탕 애저찜 원정을 가볼 것이다.

산채

점심 후 전날 철야한 피로에 낮잠을 탐하고 있노라니까, 아랫동네의 이군이 찾아왔다. 요 전날 만났을 제 뒷산으로 도라지를 캐러 가자 했던 약속을 잊어버리지 않았음이다.

신발을 글매고 손에는 소형 스코프로 된 원예용의 이식기移植器를 들고… 이군은 이렇게 무장을(기실 경장輕裝을) 한 맵시로 앞을 섰다.

막대 하나를 끌고 그 뒤를 따르던 나는 채비가 너무 허술함을 깨닫고, 마침 근처에서 병정잡기를 하고 노는 팔세 아이 조카를 시켜 바구니와 호미를 가져오게 했다. 했더니 도령이 또 하나 제 동무를 데리고 참가를 해서 일행은 도통 네명이요, 동자들은 병정잡기를 하던 무장 그대로라 허리에는 나무칼이 위엄스럽고 산도라지를 캐러 간다기보다도 정히

산도야지나 사냥하러 가지 않나 싶은 진용이 되고 말았다.

봄으로 여름으로 매일같이 산책을 하러 가던 밤나무 숲은 그새 두어 주일 일에 몰려 못 본 동안에 풀들이 벌써 가을 풀답게 향기롭고, 밤송이도 제법 많이 굵었다.

그리 드세게 울던 매미 소리도 그쳐 조용하고, 원두밭은 참외 넝쿨을 말끔 뽑아 새로 갈아놓은 고랑엔 콩 포기만 띄엄띄엄 남았는데, 밭두덩에서는 빈 원두막이 하마 쓰러져가고…. 누가 시킨 바 아니건만 철은 바야흐로 가을다운 한 가닥의 폐허가 깃들기 시작한다.

산도라지는 다른 사람네가 아마 나보다도 미각이 더 날쌔고 예민했던지, 여름에는 그리 많던 것이 죄다 어디로 가고 보이지 않았다.

이군은 그러나 '계륵이'라는 대용품(!)을 발견해서 우리는 실망을 하지 말아도 좋았다.

'계륵이'는 꽃만 산도라지보다 약간 다르지 잎사귀랄지 대랄지 그리고 캐서 볼라치면 그 뿌리랄지는 언뜻 산도라지와 분간하기 어려울 만큼 근사했다.

그런데다가 이군의 설명을 들으면, 맛은 산도라지보다 나으면 나았지 못하진 않다는 것이다. 하고 보니 대용품 치고는 도야지 가죽으로 만든 구두보다도 '스프'가 섞인 광목보다도 착실히 어른인 셈이다.

그럭저럭 간 것이 '느랑골'까지 넘어갔다가 골짜구니의 맑은 샘물에 때마침 심했던 갈증을 씻고 나니 몸의 피로가 더럭 더 전신에 쏟아지는 것 같아, 캔 산채山菜는 바구니의 밑바닥도 겨우 가리지 못했는데 웬만큼 발길을 돌이키기로 했다.

대추나무에 몽실몽실 예쁘게 생긴 대추가 많이 열렸다. 문득 대추가 볼이 볼긋볼긋 붉는 추석의 고향이 생각났다.

가난한 한 필의 선산 밑에는 감나무가 여덟 주씩 두 줄로 섰고, 솔밭 사이사이로 밤나무가 흔하고, 그리고 대추나무가 있고 하다.

추석이면 감과 대추가 서로 겨루듯 볼이 붉고, 밤은 송이가 벌어진다. 우리 고장에는 추석에 성묘를 다닌다.

칠팔 세 그 무렵, 시방 내 앞을 서서 가고 있는 팔세 아니 저놈만 해서부터 나는 추석날이면 곱게 새 옷을 갈아입고, 그때는 아직도 기운이 좋으시던 가친 사형들을 따라서 이 선산으로 성묘를 다니곤 했다.

시방도 잊히지 않는 그때의 감, 밤, 대추 등속의 맛…. 이런 이야기를 하고 나니까, 이군이 웃으면서 이번에 참 효석孝石*의 〈향수〉를 읽었더니 그 비슷한 이야기더라고 한다.

---

* 　효석: 소설가 이효석.

저녁 밥상엔 벌써 내가 캐온(실상은 이군이 캐준) 산채가 한 접시 올랐다. 맛이 달다더니 산도라지가 얼마큼 섞였음인지 역시 쌉싸름했다.

옛사람은 산채에 맛들이니 세미世味를 잊노라 했는데, 산채를 먹으면서도 세미를 잊지 못하는 내 생활은 이 산채의 맛처럼 쓴 것이니… 하면서 마침 양이 찬 술을 놓았다.

오리식례, 술멕이

중복날 가을 수필을 쓰라는 기별을 받고 하도 걱정스럽더니, 오늘은 신문이 마침 오늘이 입추라고 알려주어서 한시름 놓았다.

칠석七夕 무렵 은하수 머리가 넌지시 서쪽으로 기울면 논에서는 벼목이 차차로 숙기 시작한다. 그러나 백중이 건듯 지나고 나면 벼알은 제법 여물이 여물어 손끝으로 으끄려도 뜨물이 나지 않는다. 그만 때쯤 벼를 베어서 털어서 시루에다 쪄서 장만한 쌀이 '오리쌀'이다. 7분도미처럼 빛깔은 누르나, 한 번 찐 것이라 맛이 고소하다. 아이들이 곧잘 주먹주먹이 움켜서 군입으로 먹는다.

그렇게 해서 일찍 장만한 쌀 '오리쌀'로 밥을 짓고 하여 집집이 '오리식례'를 지낸다. 신명神明과 조상께 올리는 신곡 감사제 같은 것이다. 남방 우리 고장의 가을 풍속이었는데 시방은 아마 없어졌으리라.

오리쌀, 오리식례 하는 '오리'는 새 것이라는 뜻인 성싶다.

집집이서 하는 오리식례와 전후하여 농군들은 '술멕이'를 한다. 추석의 기旗 맞이와 아울러 농군들의 큰 잔치의 하나다.

7월 백중을 '백종白踵'이라고도 한다. 뜻인즉은 백중을 지나면 논의 김매기가 너끔하여 농군들은 봄과 여름 논에 들어서서 일하던 발을 일단 씻고 올라오기 때문에 발꿈치가 희어진 데서 왈 백종이라는 것이다.

백종을 지나 발꿈치가 희어지고 추수까지에 잠시 여유를 얻은 농군들은 '두레'에서 '궁굴'을 인다.

두레라는 건 한 동네 한 동네를 단위로 머슴, 상일꾼(농업 노동자), 소작인, 이런 하층 농민으로 결합되는 자연발생적인 원시적 공동체다. 공원公員이니 각총角總이니 하는 몇 가지의 소임이 있어 가지고 규율이 썩 엄하다. 종종 모여서 '사발통문'을 하고 또 두레의 법을 어기는 자는 붙잡아다 볼기를 때린다.

두레에는 으레 한 벌씩의 '풍장'(농악)과 기旗가 있다. 그 기가 실로 어마어마하게 크다. 깃대 높이가 여섯 발, 일곱 발에 굵기는 세 뼘, 네 뼘이 넘는다. 20여 척에 15, 6척의 장방형의 기폭은 흰 바탕에다 청靑으로 지네발을 두르고, 또 청,

홍의 동정을 단다. 깃대 꼭대기에단 꿩 깃으로 만든 장목을 꽂고 그 밑에다 바싹 붉은 관음觀音 매듭을 치렁치렁 늘어트린 쌍룡을 꽂고 그 다음으로 기폭을 단다. 그 전 중량이 20관은 실히 된다.

두레가 행동을 할 때면 기가 반드시 앞을 선다. 두레에서 기운 제일 센 장정이 기를 두 손으로 앞에다 꼿꼿이 받들어받고 앞을 간다. 결코 어깨에다 메는 법도 아니거니와, 메고 싶어도 원체 커놔서 멜 수도 없다. 기 받는 자가 실수건 고의건 기를 쓰러뜨리든지 함부로 다루면 그 자리에서 곧 징벌을 당한다. 대개 볼기를 맞는다.

그런 어마어마하고 혼란스런 기가 앞을 서고, 그 뒤엔 두 어린이가 한 쌍의 작은 영기令旗를 들고 따르고, 다시 그 뒤엔 울긋불긋 고깔 쓴 풍물패가 긴 나발, 꽹과리, 징, 장고, 북, 소고의 순서로 따르고, 또 그 뒤엔 어깨에다 제각기 호미를 건 농군이 수십 명 따르고, 이러고서 풍장을 요란히 치면서 나아가는 모양은 한 장관이요, 일변 기이한 모습이요, 겸하여 위풍 늠름한 바가 있다. 새수빠진 촌 여자가 있어 이 행진이나 기를 세워놓은 길을 전면으로 가로 건너가던지 했단 당장 잡혀와서 성문을 맞고 만다.

두레의 전원이 나와서 며칠 동안 공동작업을 하는 것이 '궁굴'이다. 논일은 거진 끝났을 때이므로 흔히 콩밭을 매지

만, 더러는 논의 '피사리'도 한다. 피 뽑는 것을 '피사리'라고
한다.

궁굴을 일어서 번 돈으로 술을 빚고 소를 잡고(작은 두레
에서는 도야지를 잡는다) 좋은 하루를 택하여 크게 먹고 노는
것이 '술멕이'다. 기를 내다 세우고 그 주위에 모여 술과 고기
를 실컷 먹고 풍장 치고 노래 부르고 춤추면서 맘껏 뛰논다.
먼저의 '오리식례'가 신곡 감사제라면 이 '술멕이'는 풍년제일
것이다.

쌀 8백 가마로 쌓은 군산항 축항 기념
쌀탑(1926년). 군산이 고향인 채만식의 작품
속에는 쌀 수탈기지였던 군산의 아픈 역사가
도처에 그림자를 드리우고 있다.

추과도秋果圖

책상 머리에 사과가 두세 알 벌써 며칠째 맛이 시고 해서 내 은고恩顧를 받지 못하고 저렇게 무류히 굴러다닌다. 폭신 익지 않은 탓으로 맛은 아직 들지 않았다지만 색채만은 가을의 어떤 과실보다도 아름답다. 능금같이 불크레한 어린애기의 볼이라고 하지만, 과연 어린애기 볼같이 불크레하니 고운 능금이다.

하나 아름다운 것 그 이상의 일급 정서를 머금은 과실을 찾자면 청포도일 것이다. 색이 연한 녹빛 일색으로 단순한 것이 어딘지 고상하여 좋다. 고상한 그 배후에는 무엇인지 모를 이국적인 담담한 애수가 어린 것만 같아 정서적이다.

대추는 볼 볼긋볼긋한 것이 이쁘기는 해도 잔망스러 못 쓰고, 감은 괜히 우둔해 보인다. 그도 서리를 맞아 새빨갛게

소설가의 맛

연이 앉은 높다란 장옥은 덜해도 반불경이의 활시活柿는 확실히 가을 과실 중에 첫째 가는 쌍놈일 것이다. 거기 비하면 밤은 차라리 어줍잖은 색채를 선명히 드러내지 않으니 숫드름해서 밉지가 않다.

하마 머루와 다래의 시절인가 보다. 값 헐하고 야만스런 함석지붕 — 생철 문화, 양재기 문화가 포도와 능금으로 더불어 이땅에 오늘처럼 퍼지기 전에는 가을 과실로서의 은총을 홀로 차지하던 머루와 다래. 전설과 향수가 깃든 머루와 다래. 그들은 시방도 단풍이 붉고 골짝 물이 맑은 산중에서 공장과 을종乙種집, 목로집, 앉은술집으로 죄다 떠나가고 없는 옛 동무를 그리워하고 있는지도 모른다. 그 마음 곱던 처녀들의 손 대신 쭈글쭈글 시들어 빠진 노파의 손이 와서 닿고 하면 저희도 싫고 섭섭하겠지.

포도주

며칠씩 밤을 밝혀가면서 일을 하고, 그러면서도 낮으로나마 수면을 충분히 갖지를 못해 늘 피로해서 있고, 또 그렇지 않더라도 밤에 잠을 이루자면 두세 시간씩 삐대고, 그러한 데다가 지나간 봄에는 근 40일간 불여의한 일로 건강이 가뜩이나 더 쇠약했었고…. 이러한 여러 가지의 나의 생리상 형편을 잘 아는 친구 하나가 포도주를 먹어보라고 권을 하는 것이었다.

그 친구의 설명이 하도 그럴 듯하기에, 오월 바로 초승부터 시작하여 최근까지 석 달 가까이 먹어보았다. 석 달 가까이 먹었다지만 매일 밤 취침 전에 한 차례씩 눈알만한 잔으로 한 잔씩 먹은 것이니까 고작 일곱 병이다.

그래 그 효과인데, 미상불 그럴 듯한 점이 몇 가지 적실히

소설가의 맛

드러났다. 우선 그놈을 한 잔 마시고 자리에 누우면, 잠들기가 전보다 비교적 수나로와서 좋았다. 한참 열중하여 원고 일이나 하다가 이내 잠을 자자고 하면 머리만 천 근으로 무겁지 졸연히 잠은 오지 않고, 그래서 잠을 청하다가 그대로 누워서 밝히는 때가 많았는데, 그렇게 부대끼는 일이 없으니 정녕코 그놈 포도주의 덕이다. 이것 한 가지만 해도 나에게는 매월 4원 미만의 거기에 들이는 비용이 결단코 아깝지가 않다.

그 다음, 잠이 부족해도 피로가 잘 회복이 된다. 전신이 나른하여 일도 손에 잡히지 않고 누울 자리만 보이고 하던 게 비교적 덜하다.(물론 원기가 넘치고 어쩌고 한다는 것은 실없는 소리요.)

이러한 효과를 반증하는 실증은 요새 십여 일째나 포도주를 먹지 않고 지내는 데서 역력히 드러난다. 잠들기가 힘이 들고 피로가 오래 끌린다.(그런 것을 보면 먹는 그때 그때는 얼마간 몸에 도움이 되어도 역시 먹는 그 당장뿐이기가 쉬운가 보다.)

아뭏든지 그래서 다시 시작을 하여 이 여름만이라도 계속할 생각인데, 그러나 한 가지 그놈한테 미각적인 맛을 들여서 걱정이다. 본시 술을 많이 하지 못하는 체질이지만 포도주는 맛이 들큰하고 또 과당이 섞여놔서 마치 막걸리처럼 찐더분하니 오래 취하고, 그래 더구나 술 중에서도 제일 싫어하던 술이다. 하던 것이 석 달 가까이 먹고 난 시방은 전에 그렇듯 싫던 것은 다 어디로 가고 그 감칠 맛이 무어라고 할 수 없이.

더우기 간드러진 포도주 잔에다가 남실남실 부어놓고 우선 한 번 그 핏빛으로 새빨간 색채를 감상하는 시각적 쾌미 또한 그럴 듯하다. 마노瑪瑙 색의 위스키나 맥주, 진초록의 페퍼민트 등 다 색채가 좋지 않은 것은 아니다. 그래도 포도주의 그 붉으면서도 독하지 않은 색채의 아름다움에는 따르지 못할 것이다.

사례를 받고 광고문을 억지로 쓰는 것이 아니므로, 먹은 포도주의 상표는 쓰지 않거니와 그 효과만은 보장을 하는 것이니, 누구 나처럼 수면에 힘이 들고 일로 하여 늘 피로한 이는 시험하기를 권한다. 다만 주객은 안될 말이요, 역시 나처럼 작은 잔 한 잔으로도 알콜 기운이 몸에 퍼지는 체질이어야 한다.

세검정에서

전춘餞春*을 하러 나온 것이 비를 맞이하였다. 화전을 부치자니 진달래는 져서 없고 철쭉이 한참이다.

앵두는 꽃자리만 남고 복사꽃이 제철이다. 새쌀간 홍도紅桃가 비에 젖어 고개를 숙인 모습은 요염하기 짝이 없고, 해맑은 벽도碧桃**는 상청의 청상미인 같다.

모래사장에 솥을 걸고 밥 짓는 연기가 궂은 하늘로 하염없이 솟아오른다. 세검정도 비에 잠겨 묵묵히 앞내를 굽어본다.

시름 많은 젊은이는 눈물을 뿌린다. 그러나 옛날을 그리워하는 눈물은 아니다. 젊은이는 젊은이의 설움이 있느니…

---

*   전춘: 봄을 마지막 보낸다는 뜻으로, 음력 삼월 그믐날에 전춘 놀이를 즐겼다.
** 벽도: 꽃잎이 흰 복숭아나무.

젊은이라고 다 설움이 있음이 아니겠고, 젊은이의 설움도 고운 청춘의 설움이야 정다운 꿈과도 같이 달고 한가하겠지만, 괴로웁다 못하여 쥐어짜내는 눈물은 맛조차 쓰다… 소태보다도.

전원의 가을
—옛 일기에서

낮으나마 고개를 넘느라니 등에 땀이 밴다. 덩굴 시든 원두밭과 쓰러져가는 원두막의 폐허가 참외당黨에게는 로마의 고성이나 바빌론탑 이상으로 섭섭다. 원두막 밑에 갓 돋은 참외순의 철이 없음이여!

초부가 풋나무를 메고 지나간 자취에서 무르녹은 풀냄새가 무긋이 스며오른다. 밭두덩에서 장난꾼 아이들이 콩을 굽느라고 연기를 피운다.

산을 등진 작은 마을. 쩍쩍 하며 참새떼가 시절을 만난 듯이 날아다닌다. 마을 앞 새막에서 철 아니 난 소녀가 기를 쓰고 소리쳐 새를 날린다. 지붕에는 새빨간 다홍고추가 널리고 울안에 섰는 늙은 감나무에는 볼 붉은 감이 주렁주렁 탐스럽게 매달리었다.

찾아간 친구의 점심 대접이 극진하다. 희다 못하여 푸른 기가 돋는 서리쌀(풋쌀)에 푸른 콩을 놓은 밥, 된장찌개에서 나는 솔버섯의 향내, 연한 풋배추를 다홍고추로 이겨 담은 김치, 그리고 삶은 영계에 코를 쏘는 소주.

뜰 앞에 가을 국화순이 우북이 자랐고, 빨랫줄에 제비가 한쌍 심란스레 앉아 지저귀지도 아니한다.

멀리서 농악소리가 감감히 들린다.

눈 내리는 황혼

잿빛으로 흐린 하늘에서 잔 눈발이 분주히 내린다. 내리는 눈발을 타고 어두운 빛이 소리도 없이 싸여든다. 다섯시도 다 못되었는데.

동무가 다 돌아가고 없는 사무실 방은 태고와 같이 고요하다. 등 뒤에 새빨갛게 단 난롯불만은 보는 족족 매력이 있다…. 꽉 그러안고 싶게.

그래도 눈이 왔노라고 유리창 바로 앞에 섰는 전나무 바늘잎에 반백로頒白老의 머리같이 눈발이 쌓여 있다.

마당을 건너 판장 울타리 밖으로 두부 장사가 울고 지나간다.

"두부나 비지 사 —"

가는눈 내리는 황혼에 가장 알맞은 구슬픈 소리다.

마당 옆에 잊어버리고 놓아둔 듯이 따로 놓인 생철지붕 굴뚝에서 파르스름한 연기가 시장스럽게 솟아오른다.

남산은 감감하여 봉우리만 희미하게 내어다보인다.

기와집에는 고랑만 하얗게 줄이 졌다.

문자 그대로 알몸만 남은 앞마당의 은행나무 가지에 참새가 한 마리⋯ 단 한 마리 오도카니 앉았다. 갈 곳이 없나 재작거리지도 아니하고 새촘히 앉았다가 무엇을 생각하였는지 호르르 날아 건넌집 지붕 너머로 사라진다. 그래도 참새는 갈 곳이 있는 게지.

눈발이 좀 굵어진다⋯. 굵은 놈이 잔눈발에 섞여 내린다. 황혼은 한 겹 두 겹 더욱 짙어간다.

눈도 더욱 바쁘게 내리고 난롯불도 더욱 새빨갛게 달아간다. 사람의 마음도 그침 없이 깊이 들어간다.

이 모양 이 자태가 변함이 없이 영원으로 이어진다면!

이 '비극의 표정'을 이대로 영원히 두고 보고 싶다.

원두막에서 놀던 이야기

─묵은 일기의 일절에서

×월 ×일

폭양에 온종일 정구를 했더니 몹시 피곤하다. 집에 돌아와 목욕을 하고 나니 아직도 해가 많이 남아 있다.

P군과 S군이 참외를 먹으러 가자고 찾아왔다. 마침으로 맥주병에 소주를 넣어 가지고. 큼직한 밀짚 벙거지에 동저고리 바람으로 풀대님으로 단장을 끌고 나섰다.

심은 모는 벌써 뿌리가 잡혀 제법 검은 기운이 돋는다. 석양에 산을 돌아넘는 뻐꾹새 소리는 언제 들어도 그윽하고 한가하다.

돌아오는 낚시질꾼을 만나 깔다구(농어새끼) 두 마리를 토색했다. S군이 고추장과 초를 가지러 뛰어가는 것을 아주 생선까지 주어 보냈다.

원두첨지 조서방은 막 위에서 잠을 자고 있다. 원두밭에서는 물큰 익은 참외 냄새가 구미 당기게 코로 솔솔 들어온다. 김마까를 한 스무 개 따다가 놓고 우선 먹었다. 한 볼퉁이도 아니되게 조그마한 게 노란 껍질을 벗겨내면 배 속같이 하얗고 연하고 단맛이란 그저 한자리에 앉아 한 접은 먹을 것 같다.

실컷 먹고 담배를 피우고 하느라니까 S군이 안주를 장만해 가지고 헐떡거리며 올라온다. 소주는 60도나 되고, 독한 놈이 가슴을 훑고 내려간다. 생선회는 혀가 짜르르하게 매우면서도 씹을수록 단맛이 난다.

삼돌이가 나뭇짐을 지고 앞산 기슭을 돌아오며 초금을 분다. 청승맞고 요염하기란 부는 놈의 주둥이를 싹싹 비벼주고 싶게 가슴에 울린다. 동리가 멀고 또 젊은 과부가 없기에 말이지 큰일 낼 놈이다.

취한 김에 드러누운 것이 잠이 들었던 모양이다. 달이 벌써 한 길이나 올라오고 제법 산득거린다. P군과 S군은 세상을 모르고 잠을 잔다. 조서방은 벌써 저녁을 먹고 와서 모깃불을 피운다. 태고로 거슬러 온 느낌이 있다.

유월의 아침

모처럼 아침 산책을 하느라 막대를 끌고 나섰다.

밤을 샌 전등이 그대로 선하품을 자아낸다. 다섯시 반이
길래 나만 부지런한 줄 알았더니 해가 벌써 한 뼘이나 솟았
다. 장으로 묵이라도 팔러 가나 보다. 머리에 광우리를 인 동
리 여인의 걸음이 바쁘다.

서늑서늑할 만큼 아침 기운이 시원하고 맑다. 송도는 분
지라 공기가 참 탁하다지만 아침만은 좋다. 밭 가운데로 길
이 난 고구마밭의 고구마 덩굴이 인제는 제법 탐스럽게 엉켰
다. 잎사귀에 이슬이 함빡 젖어 비 맞은 뒤같이 윤기가 있다.
건너다 보이는 언덕 비탈은 잎과 가지가 한참 피어오르는 능
금밭… 서향이라 무긋한 음영이 드리웠다.

바라보고 올라가는 용수산 기슭으로는 아침 안개가 엷게

덮여 있다. 차차로 더워오던 날씨가 오늘은 더럭 더 더우려나 보다.

가죽바우의 우물은 가물어도 언제고 이렇게 곤곤히 넘쳐 흐른다. 우물 깊이라야 반 길도 될락말락, 바닥의 바위 깔린 바닥이 들여다보이는 우물. 우물이라기보다는 산 밑에 샘이다. 그래도 이 우물 하나로 온 동리 수십 호가 다 먹고 우리도 먹는다.

우물 두던으로 맑게 넘쳐 흐르는 양이, 그도 보는 기분 나름이겠지만, 낮이나 오후보다 아침에 보면 더 신선해서 좋다. 놓아둔 바가지로 한 바가지 휘젓고 퍼서 먹어본다. 단물이다.

과원 둘레로 앵두나무에 새빨간 앵두가 대래대래 익었다. 곧 손이 가지려고 한다. 어느 결에 앵두가 이렇게 익었는고, 서울 같으면 성북동으로 앵두를 먹으러 갈 철이거니 싶어, 불현듯 서울 생각이 난다.

밤나무 동산의 밤나무는 아직 입도 어리고 꽃도 피지 않았다. 새달이면 꽃이 피어 그 그윽한 향기를 풍기겠지. 지나간 해, 이 밤나무 동산에를 매일같이 밤꽃의 향기에 흘려 올라오곤 하던 게 아마 칠월이던 성부르다. 올해도 그때까지 머물러 있어 이 밤나무 동산을 소요할는지 모르겠다.

그때면은 저기 아직 덩굴만 조금 뻗은 딸기도 새빨갛게

익으렷다. 곱게 깎은 잔디밭에 들석죽이 종긋종긋, 붉은 꽃 잎을 한 개씩 벌리고 섰다. 이쁜 꽃이다.

여기도 한 포기, 저기도 한 포기, 따라가면서 꺾는다. 책상의 꽃병에 꽂을 감이다. 빨간 들석죽을 꺾다가 보니 보랏빛 도라지도 가에 피었다. 빛깔이 잘 얼린다. 그놈도 한 포기 또 한 포기 욕심 사납게 꺾어 쥔다.

밤나무 동산을 지나고 나서는 솔밭, 송진 냄새가 정신이 들게 떠돈다. 솔새가 솔방울 쪼으면서,

"찌이 찌이."

얄글게 지저귄다.

산 밑 등성이 너머로는 퍼져 내려간 밭에 밭마다 장다리가 피어 홀란한 꽃밭이다. 노랭이는 배추장다리, 연보라는 무장다리… 그리고 잎은 연두빛…. 가까이 보이는 데서는 흰놈, 노랑놈 나비가 꽃과 분간할 수 없이 요란히 날고 있다.

고개 들면 한없이 퍼져나간 꽃밭이 영롱한 채색 안개 같다. 송도는 예로부터 채종이 많이 나는 곳이라, 이때면 장다리꽃이 또한 버리기 아까운 풍치다.

장다리를 보고 어릴 적의 고향을 생각한다.

"공자리밭에 영계 울고…"

이런 말들을 한다. '공자리'는 장다리요, 영계는 병아리다. 삼사월 장다리가 파릇파릇 연두빛 잎이 필 때면, 정월

맏배로 깬 병아리가 거진 자라, 제법 우는 흉내를 낸다.

이때다. 봄 치고는 한참 좋은 때다. 진달래가 온통 산으로 가득 피는 남산으로 화전놀이를 간다.

"푸릇푸릇 봄배차 나부 오기만 기다려."

초동 아이들이 이런 노래를 부르면서 뻐꾹새가 그능히 울고 들어가는 앞산으로 등걸나무를 하러 간다. 내려올 때 보면, 수건으로 테머리를 한 머리에 철쭉꽃이 꽂혀 있다. 고향이라야 그리 향수가 깃든 것도 아니지만 절기절기 근사한 풍경을 대하면 문득 소년 적의 그때 그때가 생각나곤 한다.

정한 코스대로 한 바퀴 돌아 능금밭 옆을 지나면서 보니, 능금이 벌써 굵은 대추알보다 더 크다. 새까만 테리어가 괜히 심술이 나서 짖는다. 지난겨울 아이들한테 바구니를 들려 가지고 능금을 사러 갈라치면, 몹시 텃세를 하던 고놈이다. 아마 그때의 화풀이를 하나 보다.

능금밭 주인 애꾸눈이 영감이 강아지를 나무란다. 이웃이라서 돈어치보다 능금을 많이 주던 영감이다. 애꾸눈만은 안 부러워도, 이렇게 과원을 차려놓고 과원 가운데 정한 외딴집에서 한가로이 살아가는 살림은 언제 보아도 부럽다.

바투《여성》지의 최우紲友의 이야기를 들으면 과원이란 마치 갓난애기 같아, 성미 급한 사람은 거천을 못 해낸다고. 그래도 실패할 값에 한번 해보고 싶다. 일을 얼마큼씩 해서 몸의 건강도 얻으려니와 생활의 방도도 거기다가 의탁을 하고, 그래 가면서 유유자적 좋은 정력과 내키는 흥으로 붓을 들어, 팔기 위한 원고 말고 일 년에 단 한 편이라도 자신있는 작품을 써보았으면 한다. 물론 내게는 턱도 안 닿는 공상이다.

해가 반 길이나 훨씬 솟아, 넓은 마당에 곱게 깔린 클로버의 이슬 방울을 오색으로 영롱하게 빛내준다. 인제는 녹음도 거의 짙은 포플러가 미풍을 받아 탐지게 흔들린다. 까치 한 마리가 앉았다가 까악까악 짖고 날아간다. 오늘은 무슨 반가운 일이 있으려나 보다.

상경 후

대도시의 생활이 몸에 좋지 못한 것을 절절히 느끼겠다. 서울로 도로 온 지 불과 한 달 남짓한데 몸의 컨디션이 그동안 벌써 여간만 나빠진 것이 아니다.

식욕이 완구히 떨어졌다. 해가 짧은데다 조반이 늦고 저녁이 이르고 하여 항용 2식二食인데, 전체의 분량이 시골서 먹던 절반밖에는 아니되는 성부르다. 실상 시골서야 정한 3식三食 외에 감이니 고구마니 또 종종 떡 같은 것이 있어 간식도 풍부히 하였었다. 그런 것까지 친다면 시골서 먹던 양이 넉넉 3배는 되었으리라 싶다.

그런 분량도 분량이려니와 도대체 입맛이 없다. 시골서는 된장찌개에 쓴 김치만 오른 밥상이라도 밥상을 받으면 우선 구미가 돌고 밥먹기가 이상히 달고 하였다. 아침, 점심, 저

소설가의 맛

녁, 세 끼를 먹되 세 끼가 다 그러하였다. 그러던 것이 서울로 와 있으면서부터는 비교적 찬이 푸짐한 밥상을 대하여도 와락 그다지 구미가 당기는 줄을 모른다. 억지로 먹을 때가 많다.

많이 걸어 다니고 한 날은 오후 한 세시쯤 되면 시장기가 든다. 그 시장기 드는 것이 반가와 거리의 음식집에 들러 간단한 요기를 한다. 또 친구와 어울려 점심을 먹는 날도 있다. 그런 날이면 저녁은 아주 그만이다.

그렇다고 시골서 지날 때처럼 열량을 소모치 아니하느냐 하면 그런 것도 아니다. 전차가 타기가 힘이 들고 성가시어 대개는 도보를 한다. 그것은 거리를 친다면 하루 삼사십 리, 사오십 리는 족히 될 것이다. 시골서 채전에 나가 풀을 매고 고구마를 캐고 하던 하루의 열량의 소모에 비하여 노상 못하지는 아니할 것이다. 그러면서도 칼로리의 보충은 전만 못하니, 아마 모르면 몰라도 체중이 1관은 줄었으리라 싶다.

불면증이 다시 도졌다. 나의 불면증은 20년의 고질이다. 하도 오랜 고질이어서 이 근래는 잠 아니 오는 것, 늦게 자는 것이 차라리 상태常態같이 여겨지고 별반 고통스런 줄을 모를 지경이었다. 그러다가 지나간 4월 이른바 소개疎開를 구실 삼아 시골로 현실을 피해 가 있으면서 기약하지 않았던 부소득으로 오랫동안 잃어버렸던 잠을 도로 찾았었다.

여덟시나 아홉시면 자리에 눕는다. 누우면 오래도록 뻬대지 아니하고 이내 잠이 든다. 그래도 푸욱신 자고는 다섯시면 깬다. 깨면 양치를 하고는 밭으로 나간다. 삼시 밥 먹는 외에는 하루 종일을 밭에서 지운다. 씨를 뿌리고 매가꾸고 벌레를 잡고 거둬들이고 골몰하여 있느라면, 온갖 생각을 죄다 잊어버린다. 비가 온다든지 혹은 밭에 일이 너끔하여 시간이 있을 때에도 새로이 일거리를 장만할지언정 사색을 한다거나 독서하기를 힘써 피하였다. 집필은 물론 아니하였다. 한 것이 있다면 그날 그날의 가사일기를 적기와 최군崔君, 은군殷君, 두 곳에 서신을 쓴 것뿐이다.

하루를 그렇게 지우고 일찌거니 자리에 든다. 단 일 분이 못하여 잠이 들고 만다. 그, 잠이 솔깃이 들려는, 즉 생시生時의 마지막이요 잠의 시작인 바로 순간의 쾌감… 그것은 능히 천금에 값나갈 수 있는 것이었다.

사납고도 추한 현실을 도망해 나온 것도 크거니와 오랫동안 잃어버렸던 잠을 도로 찾은 것도 즐거운 노릇이라고 스스로 기뻐하였었다. 그랬던 것이 단잠을 자기 겨우 10개월, 또 다시 잠을 잃어버리고 말게 되었다.

소설이 두어 개씩, 때로는 너댓 개씩 머리속에서 두서없이 꿈틀거린다. 그것을, 요샛날 정거장의 군중이라도 정리하듯이 갈피를 차리느라고 연방 담배를 피우면서 궁리하고 앉았느라면, 어느덧 자정이 넘는다. 잠은 멀리 달아나고 아무리 자리에 누워서 잠이 들자고 애를 써도 어찌할 수가 없다.

사오 일 전부터 〈미스터 방〉이라는 단편을 하나 시작하여 보았다. 그러나 하룻밤 일고여덟 시간씩 앉아서 삐대는 것이 2백 자 석 장을 일 주일 동안에 겨우 썼다. 그러고는 뜬눈으로 밤을(누워서) 샌 것이 두 차례나 된다.

아침에 일어나면 머리가 무겁고 간밤에 계속하여 귀가 운다. 온종일 몸이 매맞은 것처럼 나른하다. 하되 그 피로란 결코 시골서 일을 함으로써 오던 그런 유쾌감이 따르는 피로가 아니라 지극히 불쾌한 피로다.

지나간 11월초 해방 후 비로소 서울 행보를 하느라고 오랫동안 입지 아니한 와이샤쓰를 입는데 칼라가 작아서 단추를 낄 수가 없었다. 금년 봄까지도 오히려 커서 손가락이 둘씩이나 들어가던 여러 번 빤 와이샤쓰였다.

칼라가 어째 이리 줄었느냐고 하였더니, 아내는 대답이, 줄면 첫 물 두 물에 줄지, 그새 벌써 대여섯 물도 더 빨았는데 인제 별안간 주느냐고, 그러면서 다른 걸 입어보라고 한다. 네 벌 있는 것을 차례로 다 입어보았다. 네 벌이 다 그러했다.

"칼라가 준 게 아니라 목이 불으셨나보."

아내가 그러는 것을 나는 "그새 겨우" 하고 말았으나, 마음엔 짐작 가는 것이 없지 아니하였다. 그러고는 서울로 올라왔는데, 아닌 것이 아니라 만나는 친구마다 한다는 말이 얼굴이 퍽 좋아졌구료 하는 인사였었다.

목이 붙고 얼굴이 좋아졌다는 인사를 받고 하기도 인제는 지나간 이야기요, 앞으로 얼마 아니 있으면 반드시 "요새 어디 몸이 편찮았소" 하는 인사를 받게 될 것이다.

시골 가서 무얼 하고 지냈느냐고 묻는 친구에게 웃음 삼아 내어보이던 손바닥의 옹이도 나날이 희미하여져 간다.

채만식은 양복 정장에 중절모 차림을 즐겼다.
가난한 살림살이에 폐병으로 죽어가면서까지
그는 양복을 팔지 않고 애지중지했다.

농사

아직 약이 오르지 않은 풋고추를 먹는 향기가 매우 입맛에 좋았다. 오늘 비로소 대문 밖 텃밭에 심은(그러니까 우리가 농사를 한) 고추밭에서 연한 풋고추를 따다가 저녁밥에 고추장을 찍어 먹었다.

먹으면서 생각을 했다. 농사란 재미있는 것이라고…

동쪽 대문 밖으로, 남쪽 언덕 비탈로, 그리고 남쪽으로 합하면 넉넉 오륙십 평은 됨직한 빈터가 집에 따랐다. 그 땅에다가 우리는 철철이 가지각색의 농사를 짓는다. 그중에도 동쪽의 대문 밖 터전이 제일 넓기도 하고 걸기도 하여 백곡(?)이 풍등豊登한다.

금년 봄 맨 처음으로 우리 농사에서 거두어 먹은 것이 상치다. 그리고 고동이 서서 씨가 앉은 상치대는 뽑아 씨앗(종

소설가의 맛

자)을 받아두고, 그 자리에다가 다시 고추를 심었더니 어린
아이 고추자지 같은 고추가 벌써 대래대래 열렸다. 축대 밑
으로, 고추밭 가장자리로 강냉이를 심은 것이 이놈들도 모
두 키가 길반씩이나 솟고 수염이 너슬너슬 위풍이 당당하다.

나는 그새 매일같이 고추밭을 들여다보면서 고추가 어서
어서 자라기를 기다렸다. 시중에야 풋고추가 난 지 오래고
10전만 주어 보내면 한때 먹을 만큼은 받아오고 했겠지만,
그것보다는 우리 농사에서 첫 시식을 하고 싶었다.

나는 고추를 꽃이 지면서부터 들여다보고 침을 삼키는 동
안에 여덟살박이 조카 한 놈은 강냉이를 나만 못지 않게 눈
총을 들여왔다. 수염이 고스라지지도 않은 놈을 가만히 가
서 껍질을 까보고 하다가는 들키기도 했다. 그래서 저하고
나하고 고추와 강냉이를 가지고 은연중 겨룸을 한 셈이다.

하다가 마침내 오늘 저녁에 내가 풋고추를 먼저 먹었고,
따라서 겨룸에 이겼던 모양이다. 그러나 저녁을 먹고 나와서
앉았노라니까 보아란 듯이 강냉이를 쪄서 내오는 데는 민망
하지 않지 못했다.

축대 밑에는 강냉이 말고도 의이(율무)와 수수를 심었고,
한옆에다가 호박을 몇분 놓았던 것이 잘 열어서 한동안 두
고 요긴하게 따먹었다. 박이 두어 포기 있고 지붕으로 매어
준 줄을 타고 올라가면서 석양이면 하얀 꽃이 피고 박벌이

날아온다.

남쪽 언덕 비탈에는 감자와 내가 좋아하는 강낭콩을 심었었다. 땅이 너무 토박하여 감자는 캤더니 굵은 콩알만큼씩한 것이 몇 알 나왔고, 강낭콩은 어떤 포기는 씨앗을 밑진 놈도 더러 있었다. 그래도 조금씩 따서 몇 끼는 밥에 두어 먹었다.

감자와 강낭콩을 뽑아낸 자리에는 이어서 고구마를 심었다. 고구마는 땅이 토박해도 잘되는 거라 인제 오래지 않아 가을이면 둥실둥실 굵은 밑이 들었다가 호미로 파헤치면 쑥쑥 비어져 나올 참이다.

그러한 가을을 시방부터 재미삼아 기다린다. 이렇게 늘어놓으면 내가 크게 농촌에 마음을 가라앉히고 낙을 보는 줄로 옷을 벗이 더러 없지 않겠으나, 실상은 내 손으로는 고추 모종 한 번 해본 적 없고, 그 푸달진 농사나마 죄다 집안의 여자들과 소년들이(화초를 가꾸는 요량으로) 심고 손을 대주고 하는 것이다.

그러므로 말하자면 나는 불로소득이요, 그래도 농사의 맛을 알았다는 것은 일종의 과장이 아닐는지 모르겠다.

소설가의 맛

밥이 사람을 먹다

— 유정의 궂김을 놓고

나는 문필의 요술을 부리잠이 아니다. 피사의 사탑이 확
실히 과학이요 요술이 아니듯이, 이것도 버젓한 '사실'이다.

폐결핵 제3기의 골골하던 우리 유정裕貞*이 죽은 것이 바
로 그것이다. 유정이 병을 초기에 잡도리해서 낫지 못하고
더치는 대로 할 수 없이 내맡겨 3기에까지 이르게 한 것도
가난한 탓이거니와, 다시 그를 불시로 죽게 한 것은 더구
나 그렇다.

폐를 앓는 사람이 좋은 음식을 먹고 좋은 약을 먹으면
서 좋은 곳에 누워 몸과 마음을 다 같이 쉬어야 한다는
것은 상식으로 되어 있다. 우리 유정도 그랬어야 할 것이

---

*   유정: 소설가 김유정.

요, 또 그리하고 싶었을 것이다.

그러나 그는 그와 아주 반대로 영양이 아니되는 음식을 먹었고, 약이라고는 아주 고약한 ××위산胃散을 무시로 푹푹 퍼 먹었을 뿐이다. 성한 사람도 병이 날 일이다.

그러면서 그는 소설이라는 것을 썼다. 소설이라는 독약! 어떤 노력보다도 더 많이 몸이 지치는 소설 쓰기! 폐결핵 3기를 앓는 사람이 소설을 쓰다니, 의사가 알고 본다면 그 의사가 먼저 기색을 할 일이다.

유정도 그것이 얼마나 병에 해로운지야 잘 알고 있었다. 그러면서도 그는 소설을 쓰지 아니치 못했던 것이다. 그것은 창작욕도 아니요, 자포자기도 아니었었다. 그는 창작욕쯤 일어나더라도 누를 수가 있었고, 자포하기는커녕 생명에 대해서 굳센 애착을 자신과 한가지로 가지고 있었다.

유정은 단지 원고료의 수입 때문에 소설을 쓰고 수필을 쓰고 했던 것이다. 원고료! 4백 자 한 장에 대돈 50전을 받는 원고료를 바라고 그는 피 섞인 침을 뱉어가면서도 아니 쓰지를 못했던 것이다. 이렇게 해서 쓴 원고의 원고료를 받아가지고 그는 밥을 먹었다. 그러다가 유정은 죽었다.

그러나 이것이 어디 사람이 밥을 먹은 것이냐? 버젓하게 밥이 사람을 잡아먹은 것이지!

소설가의 맛

도향, 서해, 대섭*, 다 아깝고 슬픈 죽음들이다. 그러나 유정같이 불쌍하고 한 사무치는 죽음은 없었다. 유정이야말로 문단의 원통한 희생이다.

지금 조선은 가난하다. 그래서 누구 없이 고생들을 하고 비참히 굶기는 사람이 유로 셀 수 없이 많다. 그러나 다 같이 문화의 일부분을 떠맡고 있는 가운데 문단인같이 고생하는 사람은 없다.

문단인은 '흥부'가 아니다. 종족을 표현하는 것은 '나치스적으로 말고' 예술, 그 중에도 문학이다. 인류 진화사상 종족이 별립別立되어 있는 그날까지는 한 실재요, 따라서 표현이 되어야 할 것이다. 완고한 종족지상주의자도 귀를 잠깐 빌려 다음 말을 몇 구절 들으라.

폴란드를 지탱한 자 코사크나 정치가가 아니다. 폴란드 말로 된 문학이요, 작가들이다. 지금 조선에 문화적으로 종족적 특색을 가진 것이 있다면 문학밖에 더 있느냐? 그렇건만 작가는 가난하다 못해 피를 토하고 죽지 아니하느냐!

아무리 빈약하더라도 지금 조선의 작가들이 일조에 붓을 꺾고 문학을 버린다면 조선의 적막한 품이야 인구의 반이 준 것보다 더하리라는 것을 생각인들 하는 자가 있는가 싶

---

* 도향, 서해, 대섭: 나도향, 최서해, 심훈.

지 아니하다.

　제2의 유정은 누구며 제3의 유정은 누구뇨? 이름은 나서
지 아니해도 시방 착착(?) 준비는 되어가리라! 밥이 사람을
먹으려고.

소설가의 맛

백마강의 뱃놀이

여름의 금강산, 삼방약수와 석왕사, 원산 해수욕장과 명사십리의 해당화 또 하다못하면 가직한 인천 월미도의 조탕潮湯… 이렇게 죽 골라 세기만 하여도 무엇이 어찌 좀 선선하여지는 것 같습니다.

기왕이면 얼마나 시원한 맛이 나나 보게 좀 더 자세한 것을 써보았으면 하겠지만 원래 그러한 곳이라고는 한 번도 가서 놀아본 적이 없으므로 그야말로 자반조기 한 뭇을 사서 달아 매어놓고 밥 한 순갈에 한 번씩 치어다보는 격이나 얼마 상관이 아닙니다.

다만 작년 여름에 모 회사에 있는 덕으로 하기 백마강 탐방(그 강이 실상은 금강이지만 중간의 어느 부분은 백마강이라고 합니다)을 갔던 일이 아직 어렴풋이 기억에 남아 있으니까 그것이나 이용하여 나처럼 좋은 곳으로 피서를 못 다니는 독자를 위하여 간단하고도 비교적 취미가 있음직한 피서 안 내나 하나 만들어보려고 합니다.

뜻있는 독자 가운데 한 일주일 동안의 여유만 있거든 삼 사 인이 작반作伴하여서 내일이라도 길을 떠나면 그다지 후 회하는 일은 없을 것입니다. 준비라야 비용으로 한 20원쯤 들 것이고 함부로 굴러도 관계치 아니할 옷 한 벌이면 그만 입니다. 그밖에 카메라와 간단한 악기를 가지고 가도 좋겠고 또 담요는 하나 필요하겠습니다.

그리고 8월 10일 전후면 음력으로는 7월 보름이니까 더 위도 한참이려니와 밤이면 달까지 있어서 마침 떠나기에, 가 서 놀기에 알맞은 때입니다. 푹푹 삼는 듯한 더위와 눈코를 뜰 수 없는 먼지의 구렁텅이 서울을 벗어나 경성역에서 아침 열시에 떠나는 남행 특급열차에 몸을 싣고 앉으면 시원스럽 게 달아나는 그 쾌快한 속력과 차창으로 들어오는 선선한 바 람이 벌써 반半피서는 넉넉히 됩니다.

이 열차 안에서 네 시간가량 창밖 경치를 구경하고 있느 라면 오후 두시가 좀 지나서 대전역에 당도합니다. 대전역에 서 잠깐 기다려 다시 호남선을 갈아타고 남으로 내려가느라 면 다 같이 피서객의 눈을 살지게 하는 푸른 산과 맑은 강언 덕을 몇 굽이 지나 오후 다섯시쯤 하여서 강경역에 내리게

소설가의 맛

됩니다.

이 강경이 우리의 뱃놀이의 최초 출발지입니다. 최초 출발지이니까 다소 준비도 할 겸 또 지리도 서투르니까 우선 안내를 받자면 어느 신문지국을 찾아가는 것이 좋습니다. 어디를 가든지 지방의 신문지국에서는 그 지방으로 찾아오는 탐승객을 예상 이상으로 고맙게 대접하여 주니까요.

하여간 아직 남은 해가 멀었으니까 안내하는 사람을 따라 시가를 한 바퀴 휘돌아 앞산(무슨 산이라든지 이름은 잊었지만)에 올라가면 강경 시가의 전폭을 발 아래 내려볼 수가 있습니다. 그러나 이 강경이라는 곳은 강경평야라는 넓고 밀숨한 들 가운데서 발전한 곳이기 때문에 다만 상업지대일 뿐이지 그다지 경치나 고적은 찾을 곳이 되지 못합니다.

물론 약간의 고적과 소위 강경팔경이라고 몇 군데 좋다는 곳이 없는 것도 아니지만 뭐 그다지 신통하지가 못하고 또 강을 끼고 있기는 하지만 물이 탁하기 때문에 청신한 맛이 없습니다. 그야말로 강경에 강경江景이 없습니다.

구경을 마치고 나서 여관을 찾아들면 꼭 저녁밥 때가 알맞습니다. 저녁을 먹고 나서 달도 밝고 하니까 뒷산 정산亭山에 올라가서 소풍도 하고 또 웬만하면 맥주병이나 깨트리기에 그다지 무류하지는 아니할 것입니다.

그러나 잊어서 아니될 것은 밝는 내일 부여를 거쳐서 공주까지 갈 배 하나를 미리 말하여 둘 것입니다. 물론 자동차로도 넉넉히 갈 수는 있기는 하지만 그것은 아무 취미가 없습니다. 또 부여를 왕래하는 장배가 있기는 하지만 마침 그 기회를 만날 수도 없는 것이고 또 장배를 타고 가느라면 중간에서 마음대로 놀 수가 없습니다. 한 십 원 주면 사공 딸린 조그마한 범선 하나를 빌릴 수가 있습니다.

또 한 가지는 강경에 소년군少年軍이 있으니까 천막 하나와 자취기구를 좀 주선하여 가지고 조그마한 고기 그물 한 채를 빌어서 배에 실어두면 반드시 쓸 곳이 있을 것입니다. 그리고 그밖에 쌀이나 몇 되 하고 빵 몇 덩이하고 간즈메 통이나 사가지고 가면 넉넉하겠습니다. 그러고 맥주 다스나 있으면 해롭지는 않겠지요.

밝는 날 느직이 선창으로 나아가서 준비하여 둔 배를 타고 백마강 뱃놀이의 첫 길을 떠납니다. 먼저도 말한 바와 같이 강물은 얼마 가는 동안까지 매우 탁합니다. 그러나 그것은 잠깐 동안 말이고 차차 가는 동안에 물은 점점 맑아지기 시작합니다.

맑고 푸른 강물에 돛대를 넌지시 달고 소리 없이 미끄러져 올라가면서 고요한 바람결에 들려오는 뱃사공의 콧노래도 듣고 뱃전에 나앉아 시원한 찬물에 발도 잠가보고 때때로 배를 버리고 백모래사장에 뛰어내려 한참씩 걸어가면서

소설가의 맛

사지를 마음껏 내어뻗고 소리도 쳐보고 얕은 물을 만나거든 옷을 활활 벗어 내던지고 목욕도 하여보고 그물을 던져 한두 마리 걸리는 고기도 잡아보고 또 가다가는 강언덕의 주막에 올라가 백마강의 별미인 우어(이 우어는 대동강과 한강과 금강의 세 군데서밖에는 나지 않습니다) 회에 입맛을 다시면서 맥주잔이나 마시기도 하고. 이렇게 천천히 가는 대로 가느라면 이른 석양에 대왕벌에 다다라 부여의 엿바위窺巖津를 가까이 바라볼 수가 있습니다. 물론 빨리 서둘면 강경에서 부여까지 세 시간이면 넉넉하지만 결코 그렇게 할 필요는 없는 것입니다.

엿바위에 배를 대고 언덕에 내려 조금 가느라면 자온대가 있습니다. 그리고 수북정이 산언덕에서 강물을 굽어보며 위태로이 서 있습니다. 이 두 곳에 발을 잠깐잠깐 멈추었다가 다시 엿바위나루를 건너 한 오리쯤 가면 그곳이 바로 우리 백제의 옛 도읍터 부여문입니다.

부여, 부여, 우리의 역사 가운데 가장 눈물겨운 멸망의 페이지를 채운 백제의 옛 서울! 한번 발을 들여놓으면 길가에 성긴 이름 모르는 풀포기와 하늘에 떠다니는 무심한 구름까지라도 창연한 빛으로 우리를 맞이하는 듯합니다.

도착하면서 바로 고적을 찾아가는 것도 좋습니다. 그러나 달이 있을 터이니까 저녁으로 미루고 우선 여관을 찾아들어 잠깐 동안 쉬는 것이 좋습니다. 쉬고 나서 저녁밥을 마치고 달이 돋아오르거든 부소산에 올라가 우선 천고의 한을 머금고 어둑한 비각 속에 말없이 서서 있는 유인원 장군의 비에 점두點頭를 하고 그 길로 사자루에 올라갑니다.

사자루는 근래에 지은 것이라 고적이라고 일컬을 것은 못 되지만 바로 발 밑으로 흐르는 백마강의 푸른 물을 굽어보며 벌써 옛날에 지고 없는 낙화암의 삼백 수중 원혼을 안돈시키는 듯이 이른 아침과 늦은 저녁에 고요히 고요히 울리는 고란사의 종소리를 들으면서 발길을 두루 옮기기에 매우 알맞은 곳입니다.

시취詩趣 깊은 이가 술잔이나 기울이고 몇 구 시나 읊으면서 고요히 잠자는 옛 부여의 일대를 상상하느라면 일종의 형언할 수 없는 깊은 영감을 맛볼 수가 있습니다. 달이 밝고 먼지가 걷혔는데 주흥까지 띠었으니 밤이야 깊건 말건 오래도록 놀다가 돌아오는 길에 평제탑平濟塔—이 탑이 만일 귀가 있어서 듣는다 하면 발버둥을 치게 원통한 이름을 듣고 있는 기실의 왕흥탑王興塔—을 잠깐 구경하는 것이 좋습니다. 또 길이 험하기는 하지만 사자루에서 바로 고란사를 들러보는 것도 좋습니다.

밝는 날이 떠난 지 사흘째 되는 날입니다. 느직이 일어나 다시 몇 군데 구경할 만한 곳을 둘러보고 어제 배를 매어두었던 엿바위로 나아가서 돛을 고쳐 달고 공주로 향하여 떠나갑니다.

엿바위에서 떠나 수북정을 돌아보면서 한 십 분 동안 가느라면 바른편 강언덕에 산이 다다른 곳에 깎아지른 어마어마한 바위가 오랜 비바람에 시달린 자취로 고색이 창연하게 서 있으니 이가 곧 낙화암입니다.

낙화암, 낙화암, 옛일을 알면서도 말이 없는 낙화암, 수많은 가인재자佳人才子를 울리는 낙화암. 낙화암이 말이 없고 배 역시 무심히 지나가니 역시 가는 길을 길게 멈출 수는 없습니다.

낙화암을 지나 슬픈 회포悲懷가 가라앉을 만하면 강물은 더욱 맑아지고 강언덕의 고운 모래細砂는 더욱 희어집니다. 역시 어제 하루와 같이 즐겁고 시원스럽게 천천히 올라갑니다.

가다가 날이 저물고 물새가 강물을 차고 날아들어 지저귈 때쯤이면 금성리라는 공주 땅에 다다를 수가 있습니다.

오늘 저녁은 야영입니다. 하기야 주막에 들어가서 잘 수가 없는 것은 아니지만 그러나 그것은 재미가 적고 또 음식이 나쁠 뿐만 아니라 모기와 빈대 벼룩이 생으로 사람을 물어가려고 합니다.

하니까 기왕 가지고 간 자취기구와 천막이 있겠다, 강언덕 마른 곳을 가리어 치고 주막집에 가서 나무를 얻어다가 섣부른 솜씨나마 저녁밥을 짓습니다. 생선을 살 수가 있거든 주모를 주어 국을 끓여 달라는 것도 좋겠지요. 이렇게 하여 가지고 둘러앉아 먹느라면 아마 그 맛이 조선호텔에 가서 십 원 가까이 내는 정식보다 몇 곱절이나 나을 것입니다.

저녁을 먹고 나면 동편인 듯싶은 산봉우리에서 달이 우렷이 떠오릅니다. 달이 오르거든 다시 배로 돌아와 그물질을 합니다. 물이 얕아서 그다지 어렵지는 않겠지만 그러나 우리의 재주로는 아무리 하여도 몇 사람이 먹을 고기를 잡을 수가 없을 터이니까 한편으로 주막 사람에게 부탁하여 얼마간 잡아달라는 것이 좋습니다.

고기가 잡히거든 주모를 주어 회를 쳐가지고 배에 올라앉아 사가지고 간 맥주병을 터트리면서 먹습니다. 혹은 달을 우러러보며 혹은 은빛 같은 고기가 잠방잠방 뛰노는 물을 굽어보면서 한 잔 두 잔 마시는 그 맛이 결코 소동파가 적벽강에서 놀던 것만 못하지 아니할 것입니다.

하물며 인내人臭와 음내淫臭가 물씬거리는 통속 피서지에 가서 뇌꼴스러운 꼴을 보는 것 같겠습니까. 있는 대로 마시고 마음대로 놀고 노래부르고 소리치고 나서 저으기 밤이 깊거든 주막집에 가서 섬거적을 빌어다 천막 안에 펴고 가지고 갔던 담요를 덮고 하룻밤을 샙니다.

이튿날 아침에는 어제 저녁에 먹고 남은 생선으로 주모의

소설가의 맛

손을 빌어 얼큰하게 국을 끓이고 역시 손수 지은 밥을 먹고 다시 배를 띄워 올라갑니다. 역시 어제와 그저께 같은 하루를 보냅니다.

같은 짓을 사흘이나 되풀이하면 싫증이 날 것 같으나 실상 당하여 보면 그렇지 않습니다. 도리어 얼마든지 더 계속하고 싶습니다.

석양에 공주의 곰나루를 지납니다. 곰나루에서 조금 더 가면 공주의 입문인 배다리에 배를 대게 됩니다.

이 공주가 백제의 처음 도읍지인데 우리는 여기로서 백마강 뱃놀이를 마칩니다. 타고 왔던 배는 배다리에서 작별하고 우선 여관을 찾아들어 하룻밤을 편히 쉽니다.

밤을 지내고 이튿날 아침에 대강 볼 만한 곳을 구경하고 나서 마지막으로 배다리 위에 뱃놀이를 꾸미는 것도 무류하지는 아니합니다. 공주가 그래도 시골로는 번화한 곳인 만큼 뱃놀이도 도회풍조로 할 수가 있습니다.

이것으로 피서를 마치고 자동차로 조치원까지 나와서 밤차로 서울로 돌아옵니다.

끝으로 필자의 붓이 서툴러서 독자의 마음이 당기도록 사실을 여실코 재미있게 쓰지는 못하였으나 실지로 한번 시험하여 보면 그 맛을 알 것입니다.

"백마강은 공주 곰나루에서부터 시작하여
백제 흥망의 꿈 자취를 더듬어 흐른다.
풍월도 좋거니와 물도 맑다.
그러나 그것도 부여 전후가 한참이지,
강경이에 다다르면 장꾼들의 흥정하는
소리와 생선 비린내에 고요하던 수면의 꿈은 깨어진다.
물은 탁하다. 예서부터 옳게 금강이다."(채만식,《탁류》)

소설가의 맛

인텔리와 빈대떡

| 인물 |　종식……무직 인텔리, 30세가량
　　　　아내……구식 부인
　　　　친구
　　　　아들……8, 9세가량
　　　　걸인

| 시대 |　현대 가을 오후

| 장소 |　경성 북촌

| 무대 |　종식 부처가 들어 있는 삭월세 건넌방. 오른쪽은 판장 차면으로 안집과 사이
　　　　를 가리고, 왼쪽은 방에 딸린 부엌. 부엌 옆으로 좁다란 공대空垈. 공대에는
　　　　형용만의 장독대. 공대를 둘러싼 판장 울타리가 무대 전면까지 뻗치었고, 전
　　　　면 가까이 판장문이 달리었다. 무대 전면은 마당.
　　　　방 앞으로는 반 간 통마루가 붙어 있고, 그 밖에 적당한 곳에 헙수룩한 세간
　　　　부스러기가 놓여 있다.

　　　　막이 열리면 무대는 잠깐 빈 채로 있다.

　종식: (방문을 열고 툇마루에 나서서 기지개를 쓴다. 머리가
귀를 덮게 자랐고 광목 고의적삼에 발을 벗었다. 마루에 걸터앉아
눈을 비빈다. 사방을 둘러보다가 우두커니 마당을 바라본다. 조
금 있다가 다시 기지개를 쓰고 마당으로 내려온다. 뒷짐을 지고
왔다갔다 걷는다.)

(독백) 흥! 왜 생겨났어? (사이) 내가 생겨나고 싶어 생겨났나! 어미 아비가 (고개를 끄덕거린다) 그래 어미 아비가 하룻밤 (혀를 끌끌 찬다)… (사이) 중학교 오 년에 대학 오 년, 십 년 동안 학비로 들인 것이 (생각한다) 가만 있자, 응… 오륙천 원은 되렷다. 흥! 돈을 오천 원이나 육천 원을 들여가면서 제 밥벌이도 못하는 요 꼴을 만들었담? 중僧도 속俗도 못되는 얼간… 요절마腰折馬. (혀를 찬다.) 차라리 실업학교나 한 삼 년 다녀서 손끝에 기술이나 배워두지! 건방지게 중학교니 대학이니… (사이) 흥! 놈들! 신문으로 잡지로 강연으로 어수룩한 시골 사람들더러 '배워라' '가르쳐라' 하고 꼬였지! 그래 전답 팔어서 배우고 가르친 것이 요 지경이니, 그래 (점점 흥분이 되어간다) 어떻단 말이야? 배우고 가르치고 해서 대학까지 마치고 나왔어도 직업은 주잖고, 머? 인제는 농촌으로 돌아가라? 체! 엊그제 교복을 벗어논 놈들이 그래 농촌에 가서 무얼 하란 말이야? 무얼 먹고 농촌에서 일을 하란 말이야? (사이) 이목구비가 번듯하고, 네 팔다리가 성하고, 정력이 넘쳐 흐르는 젊은 놈이 이렇게 눈을 멀끔멀끔 뜨고 생으로 썩어나니! 필경은 굶어죽게 되니! 아이구! 이 놈의 세상! 그저 이놈의 (동작을 여실히 한다) 지구뗑이를 집어들고 태양에다! 불이 이글이글한 태양에다 포환 던지듯이 칵 했으면!

소설가의 맛

아내: (빨래를 담은 세숫대야를 옆에 끼고 판자문 안으로 들어오다가 남편의 몸 동작하는 것을 보고 눈이 휘둥그레진다.)

(독백) 저이가 왜 저래!

종식: (아내와 눈이 마주친다. 우두커니 서서 아내를 멀거니 바라본다.)

(독백) 남은 여편네나 예쁘더라! 복 없는 놈은 어찌 여편네조차 저렇게 박색인지!

아내: (마루 앞으로 들어오면서) 저이가 글쎄 무얼 혼자 저래? 시장허잖우?

종식: (방긋이 웃으며) 시장하다면 어데 넓적다리 살이라도 한점 떼어 멕일 텐가?

아내: 두 끼 굶더니 정말 미쳤네!

종식: 흥! 미치기나 했으면 속이나 편허지!

아내: (부엌으로 들어가며) 미치기가 그렇게 소원이면 한번 미쳐보지.

종식: 미치고 싶어도 미쳐지지도 안허니까 더 속이 상하네.

아내: (부엌에서 소리만) 속상할 일도 야숙이 없는 거지! 미치지 못해서 속이 상해!

종식: 되지 못하게 저 따우가 무얼 남의 속을 안다고 종알거려?

아내: 잘난 당신도 별수 없습디다.

종식: 허허! 그 말 잘했다! 자, 그 쌈은 두었다가 하기로 하고 여보 무어 좀 찾아서 잽혀 오구려. 정말 배고파 죽겠소.

아내: 당신 재주 있으면 찾어보우.

종식: 아, 단 몇십 전 받을 것도 없어?

아내: 있으면 벌써 어제저녁에 내놓았겠소.

친구: (판자문 밖에서) 종식이.

종식: (바라보며) 거 뉘시오?

어, 난 누구라구! (마주 나가 손을 잡는다.) 이거 참 오래간만일세.

친구: 참 오래간만일세. 이 사람아, 원 그렇게 한번도 찾어오잖는단 말인가!

종식: 자연 그렇게 되었네. 자, 방으로 들어가세.

친구: (종식을 따라 마루 앞까지 온다.) 방으로 들어갈 것 뭐 있나? 마루에 앉지.

종식: 아무려나.

두 사람: (마루에 올라앉는다.)

친구: (종식을 새삼스레 여살펴보면서) 그래 그새 어떻게 지났나? 신색이 아주 못됐네 그려.

종식: 고생살이를 하느라니까 자연 그렇게 되었지.

친구: 그새 취직 못했나?

종식: 취직이 무언가!

소설가의 맛

친구: 원, 저런! 그래 어떻게 지냈나?

종식: 그러니 형편이 말이 아니지.

친구: 퍽 곤란하겠네!

종식: 곤란이야 하지만 그저 그렁저렁.

친구: 그렁저렁이라두 지내간다니 다행이네만.

종식: (부엌을 향하여) 여보, 저 담배 한 갑 사오구려.

아내: (대답이 없다.)

친구: 담배? 여기 있어. (피종을 꺼내놓는다.) 이놈 피우지 무얼 또 사와!

(한 개 꺼내어 붙여 문다.)

종식: (담배를 꺼내어 붙여 물면서) 그래 자네는 그냥 거기?

친구: 응, 그저 죽지 못해서 그냥 매달려 있네. 우리 같은 놈이야 이것저것 가릴 나위가 있나. 목구멍이 포도청이라구 얻어먹구 살랴니.

종식: 이 사람은 별소리를 다하네. 그저 그게 제일이니… 일정한 직업 가지구 지내는 게.

친구: 글쎄, 그러느라니 사람은 영 버리고 말지…. 무슨 이상이 있어야지.

종식: 이상이고 무엇이고 몸 편하고 맘 편하면 그게 제일이지.

친구: 그런 소리 말게. 나두 그때 의과醫科로 가지 말고 문

과나 법과를 했으면 지금 와서 좀 이렇게 월급 종 노릇은 아니할 텐데. (고요히 생각한다.)

(사이) 참, 자네 점심 먹었나?

종식: 응, (우물우물하다가) 응, 먹었어.

친구: 나는 점심을 안 먹었더니 좀 시장한데… 이 근처에 무엇 불러다 먹을 것 없나?

종식: 있지. 무얼 먹으랴나?

친구: 글쎄, (생각한다) 무엇이 조까? 아니, 가만 있자. 지금 오면서 보니까 바로 저기에 빈대떡을 부치데 그려. 그놈 사다 먹세 그려. 나는 그게 퍽 좋단 말이야. (내려선다.)

종식: (말리는 체하면서) 이 사람, 내가 사오면세.

친구: 아니야. 내가 가서 사가지고 오면세. 하찮은 게지만 나는 명색 직업이 있고 자네는 어쨌거나 룸펜인데, 자네가 써서 되겠나!

종식: 원, 이 사람은!

친구: (판자문 밖으로 나간다.)

아내: (부엌에서 내어다보며 서글퍼 웃으면서) 무슨 돈으로 담배 사오랬수?

종식: (피쓱 웃는다.)

아내: 그이가 담배를 안 가지고 왔었으면 꼴이 볼 만했겠구먼.

소설가의 맛

종식: (웃으면서) 잔말 말어.

아내: 그러구두 또 빈대떡을 사러 가겠대요?

종식: 잠자코 가만 있어.

아내: (도로 들어간다.)

친구: (신문지에 꾸린 것을 들고 들어와 마루에 놓는다.) 뜨끈뜨끈한 게 먹음직스런데. (올라앉는다.)

종식: (내려가서) 가만 있게. 무엇 좀 가져와야지.

(부엌으로 들어갔다가 소반에 김치와 간장종지와 젓가락 한 매를 놓아가지고 나와 마루에 놓는다.)

친구: 같이 먹세. 젓가락 좀 더 가지고 오게.

종식: 응, 나는 점심을 방금 먹어서.

(부엌으로 다시 들어가 젓가락을 가지고 나와 마루에 올라앉는다.) 어서 먹게.

친구: (먹으면서) 자네도 좀 먹어.

종식: 응. (조금씩 먹는다.)

친구: 도야지 고기가 들었지?

종식: 응.

친구: 원은 이게 평안도 음식이었다?

종식: 그렇지… 지지미라구.

친구: 우리 동리서두 이걸 부쳐 팔기는 하는데 이렇게 도야지 고기 넌 것은 없어… 그냥 녹두가루에다가 우거지나

파만 섞어가지고 맷방석 만씩하게 부쳐놓지.

종식: 도야지고기 넣는 게 본식이지.

친구: 술이 한잔 있으면 좋을 뻔했군. 나는 못 먹지만 자네나 한잔.

종식: 술은 해 무얼 하나.

친구: 자네 아들놈 있지? 어데 갔나?

종식: 응, 학교에.

친구: 참, 학교에 다닐 나이겠구만. 금년부터 다니나?

종식: 응.

친구: 재주 있을 걸… 자네 닮아서 공부 잘할 거야.

종식: 재준지 무언지, 자식이 하도 별종맞어서.

친구: 허허허허, 이 사람. 그것도 자네 닮아서 그렇네. 자네 참 장난꾸레기 아니었댔나? 공부도 잘했지만… (젓가락을 놓는다.) 아이구, 잘 먹었다.

종식: 왜? 더 먹지?

친구: 많이 먹었어.

두 사람: (상을 한편으로 물려놓고 담배를 붙여 문다.)

걸인: (판자문 안으로 굽어다 보며) 의지가지없는 불쌍한 인생이올시다. 돈 한푼만 적선합쇼.

종식: 없어. 저, 대문 큰 집에나 가서 동냥을 하지, 이런 가난뱅이 집에…

걸인: 아이, 나리님. 그런 말씀 마시고 한푼만 적선합쇼.

종식: 없대두 그래!

걸인: 아이, 나리님. 그런 말씀 마시고 한푼만 적선합쇼.

종식: 없대두 그래!

걸인: 한푼만 적선합쇼.

친구: 그냥 안 가겠는데 한푼 주어 보내지. 아니, 가만 있자 (걸인을 보고) 이리 들어와.

걸인: (꿉꿉 하며) 네, 그저 감사합니다. (마루 앞으로 온다.)

친구: (소반에 남은 빈대떡을 신문지째 집어 걸인을 주며) 이 것 가지고 가서 먹어.

종식: (말은 못하나 당황해하고)

걸인: (덥석 받아들고) 아이구, 참 감지덕지합니다. 이걸 이렇게 많이 주셔서. (굽실하면서 밖으로 나간다.)

아내: (부엌에서 걸인의 뒤를 내어다본다.)

친구: (내려서면서) 자, 나두 가지.

종식: 왜? 좀 더 놀다가 저녁이나 같이 먹구 그러지?

친구: 아니, 그렇게 폐를 끼쳐서 쓰겠나. 인제 취직하거든 그때 한턱하게 그려.

종식: 한턱이야 취직을 아니하면 못 내겠나만… 이렇게 작별해서 섭섭허이.

친구: 섭섭한 거야 피차 일반이지…. 자네도 종종 좀 들르

게 그려.

　종식: 응, 가지.

　두 사람: (판자문 밖에 나가서 작별을 한다.)

　종식: (도로 들어온다.)

　아내: (부엌에서 나온다.)

　두 사람: (서로 치어다보다가 서글퍼 웃는다.)

　아내: 시장허시다면서 왜 안 잡수었수?

　종식: 점심을 먹었다고 해놓고 걸신들린 놈처럼 자꾸만 먹을 수 있나!

　아내: 체면이 사람 죽이겠네.

　종식: 그 빌어먹을 거지는 왜 또 공교스럽게 왔어! 나는 그렇게 넘겼다가 같이 좀 먹을량으로…

　아내: 체면도 그만두고 내 생각도 그만두고 그때 더검더검 자셨으면 하나나 시장은 면했지.

　종식: 그러게 말이요!

　아내: 나는 몰라요. 배고프다고 했다 봐.

　종식: 여보, 정말 눈에 거적 쓴 놈이 보이는구려! 어떻게 마련이 좀 안되우? 이애도 오래잖어 올 텐데.

　아내: 당신 배고픈 거야 몰르우만 이애가 반은 죽어올 텐데 어떡허우!

　종식: (한숨을 후 내쉰다.) (사이) 그 되지도 않는 놈의 취

직운동 나 인제는 다니지도 않을 테니 내 누데기 양복 그나마 가서 잽혀 오구려.

　아내: 그것마저 잽혀버리구 나다니지도 않으면 어떡해요! 안될 셈 대지 말구 되도록 해야지!

　아들: (가방을 손에 내려 들고 풀기 없이 들어온다.)

　아내: 인제 오니! 어서 오느라. 네가 배가 고파서 저렇게 기운이 없구나!

　종식: 어서 와서 오늘은 공부 그만두고 놀아라. 지금 곧 밥 해주마. (아내를 보고) 어서 가서 잽혀 가지고 와요.

　아내: 네. (아들의 얼굴을 보살피다가) 너 울었구나!

　아들: (고개를 숙인다.)

　종식: 울었어? (아들을 보고) 왜 울었니?

　아들: (대답이 없다.)

　아내: (아들을 그러당기면서) 배고파서 울었구나! (방금 울 듯하다.) 응? 배가 고파서 그랬어?

　아들: (고개를 흔든다.)

　종식: 그럼? 누구허고 싸웠니?

　아들: (고개를 흔든다.)

　종식: 그럼 왜 울었어? 응?

　아들: 선생님이 월사금 안 가져온다구 학교 오지 말라구.

　종식: (말이 없이 입맛을 다신다.)

아내: 오, 월사금… 인제 곧 가져다 드린다구 그러지.

아들: 그래두 밤낮 거짓뿌렁만 허구 안 가져온다구 나쁜 사람이라구.

아내: 내일은 가서 인제 사흘만 있으면 가지고 오겠습니다구 그래, 응.

아들: 싫어, 안 가.

아내: 안 가면 쓰나! 그래두 가야지.

종식: (우두커니 서서 고개를 끄덕거리기도 하고 좌우로 흔들기도 하다가 강경하게) 내일부텀 학교 가지 마라.

아내: (남편을 치어다본다.) 그만두라면 어떻게 허우. 아무리 가난해두 자식이나 가르쳐야지!

종식: (고요히 그러나 힘있게) 그게 안된 생각이야. 지금 생각하니까 자식을 공부 시키려 든 것이 되려 잘못이야. 내가 지금 자식을 학교에 보내서 공부를 시킨다는 것은 결국 자식을 나를 닮게 만든다는 것인데, 대관절 우리 자식이 나를 닮아서 무얼 하겠소? 아무 생활 능력이 없는 지식계급! (사이) 물론 내가 재산이 있어서 공부도 최고학부까지 마치게 하고, 그리고 나서 실업 인텔리 축에 들지 않고도 먹고 살어갈 유산이라도 남겨줄 그런 정도라면 공부를 시키겠지만, 지금 내 형편이 기껏해야 저로 중학교 하나쯤 마치게 해줄 것… 그래 중학 하나를 마치고 난들 그게 무슨 소용이 있겠

소설가의 맛

소? 당신이야 그런 말귀 저런 말귀 알아듣지 못하니 말한들 소용도 없소만, 도시에 내가 지금 이 지경 된 것이 우리 어머니 아버지가 당신네만 닮도록 자식을 기른 때문이거든. (사이) 알겠소? 그렇지만 나는 내 자식을 나를 닮게 기르지는 아니할 테야.

아내: 그럼 학교에 안 보내고 공부도 안 시키면 어쩔 테란 말이요?

종식: (무겁게) (방백) 애비를 닮지 말고 시대를 닮어라, 시대를 닮어라. 공장에 가서 직공이 되어라.

아내: 뭐요? 이 어린 것을 공장에 보내요? 나는 못해요.

종식: 되지 못하게 참견을 말어요. (아들을 보고 상냥하게) 학교 그만두어라. 그 대신 내가 내일부터 학교보담 더 좋은 데 데려다 주마, 응. 월사금 아니 가지고 온다고 나쁜 사람이라고 하는 선생님도 없고, 좋은 옷 입고 와서 자랑할 애들도 없고, 아주 좋은 데다, 응?

(아들의 머리를 쓰다듬는다. 내리기 시작했던 막이 종식의 말이 끝나면서 아주 내려진다.)

생명의 유희

1

늦은 봄 첫여름의 지리한 해가 오정이 훨씬 겹도록 K는
자리에 누운 채 일어나지 아니하였다. 그가 밤에 잠을 잘 자
지 못하는 대신 아침에 늦잠을 자는 버릇이 있어서 항용 아
홉시나 열시 전에는 일어나지를 아니하지만, 그렇다고 오정
이 넘도록 잠을 잔 적은 없었다.(하기야 그는 잠을 잔다는 것보
다도 자리에 누워 일어나지만 않았을 따름이다.)

보통때라도 누구나 오정이 지나도록 드러누웠으면 시장
기가 들 터인데, 하물며 그 안날 아침부터 꼬박 내리굶은 그
가 일찍이 일어나서 밥을 먹을 줄을 모르는 바는 아니지만,
만일 집안에 돈이 되었든지 쌀이 되었든지 생겨서 밥을 지

었으면 알뜰한 그의 어머니가 부랴부랴 나와서 일어나라고 재촉을 하였을 터인데, 도무지 그러한 소식도 없고 안에서도 밥을 짓는 듯한 기척이 없어 고요하기 때문에 그는 일어날 생각도 하지 않고 민두룸히 드러누워 있었다.

K는 지금까지 밥을 굶어본 적이 없다. 스물일곱이라는 반생 동안에 처음 배고픈 때를 당하여 보았다.

그는 창자 속을 할퀴어내는 것같이 시장기가 들었다. 먹은 것이라고는 그 안안날 저녁때 즉 마흔두 시간 전에 찬밥 한술밖에는 더 뱃속에 들어가지 아니하였는데, 무엇인지 목구멍에서 가끔가끔 꼬르륵 소리가 청승맞게 나고, 그럴 때마다 오목가슴 밑이 끊어지는 것같이 쓰리었다. 뱃가죽은 홀쭉하게 등으로 내려붙고 허리는 힘이 빠져서 허든허든하였다. 눈은 뒤에서 잡아당기는 것처럼 움쑥 가라앉았다.

그는 주림의 고통이 가장 심한 맨절정에 이르러 있었다. 그는 잠이라도 자서 배고픈 고통을 잊으려 하였으나, 충분한 휴식을 하고 난 그의 머리는 다시 더 쉬려고 하지 아니하였다. 담배까지 피우고 싶었다. 자고 난 입맛이 텁텁한 판에 한 개—일상 많이 피워서 맛을 잘 아는 비둘기표 고놈 한 개를 붙여 물고 푹푹 피우고 싶은 생각이 배고픈 것이나 지지 않게 간절하였다. 그러나 담배란 담자도 있을 턱이 없고, 재떨이에 있던 꼬투리도 그 안날 저녁까지 없어지고 말았다.

그는 어리석은 공상의 실마리를 좇아 호화로운 세계로 들어갔다. 그러나 공상은 어디까지든지 공상일 뿐이라, 그 공상에서 깨고 나서 목전에 육박된 현실을 의식하면 입맛이 쓰고 몸이 뒤틀리게 짜증이 났다.

그는 자기 집안을 그 지경을 만들어놓은 자기의 맏형을 원망하였다. 좀 들이켜서는 그의 집안이 호화로운 부자는 못되었지만 그래도 그다지 남이 부럽거나 남에게 아쉬운 청을 하지는 아니하였다. 그만한 살림살이를 그의 아버지에게서 물려받은 K의 맏형은 담만 크고 규모가 없기 때문에 어장으로 광산으로 미두로 모조리 실패를 보고 필경은 모르핀 중독자로 이 세상의 폐인 산송장이 되어 집안에 약간 남은 전답이며 무엇이며를 모조리 팔아먹고는 끝끝내 형무소의 신세를 입고 있었다.

K는 속으로 그의 맏형을 실컷 미워하고 실컷 원망하다가 문득 군산형무소로 그를 면회하러 갔던 일을 생각하였다. 생지옥 염라대왕의 석상 같은 간수들의 얼굴, 사자울 같은 면회실, 원래가 평소 약질인데다가 아편을 갓 떼고 힘에 넘치는 일―평생 호미자루 한번 잡아보지 못한 그가 격렬한 노동에 시달려 극도로 피폐한 기분이 완연한 그의 신체, 간절한 한회悔悔.

"어머니 아버지께 근심 마시라고 여쭈어라" 하던 말…. K

소설가의 맛

는 그때와 한가지로 다시 한 번 애련의 정을, 피와 살을 나눈 동기 사이가 아니면 느낄 수 없는 순정의 비애를 느꼈다.

K는 이번 기회에 그의 형이 아편을 영영 떼고 나오기를 바랐다. 아편만 아니면 원래 수단이 있고 머리가 명석하니까 다시 충분한 활동을 할 줄로 믿었다. K는 그의 형을 미워하고 원망한 것을 마음에 안되게 여겼다. 그는 혼잣말로 중얼거렸다.

"그렇다. 과거의 책임, 집안을 이 지경으로 만들어놓은 책임은 설혹 형님에게 있다 할지라도, 이 지경에서 집안을 구해내지 못하는 책임은 다른 형들과 한가지로 나에게 있다. 사람마다 제각기 부모에게서 유산을 물려받는다든가 또는 속을 잘 차리는 형만 두라는 법은 없으니까, 나는 애초부터 가난한 부모에게 태어난 셈만 치고 적어도 지금 이렇게 고생을 하시는 늙으신 부모가 굶주리시지 않도록 할 책임이 있는데…. 젊은 내가 이렇게 견디기 어렵거든 하물며 노인들이야 오죽 하실까. 에잇, 내가 죽일 놈이다. 아! 주림, 배고픈 것. 배고픈 것이 극단에 이르면 죽지 않는가. 죽다니? 먹지 못해서 사람이 죽다니? 사람은 살 권리와 한가지로 먹을 권리까지도 타고나지 아니하였는가. 그런데 먹을 것이 없어서 주린 배를 훑어잡고 죽음을 기다리다니? 조선에서 해마다 몇 백만 석의 쌀이 외국으로 나가지 아니하는가. 그런데 우리는

굶어서 죽다니? 지금 이 고을에도 부자놈의 창고 속에는 곡
식이 늘비하게 썩어 자빠져 있지 아니한가? 그런데 우리는
굶어죽다니? 응? 누구의 잘못일까? 누구의 죄일까?"

흥분이 되어서 이렇게 부르짖던 K는 그 의문의 해답이 머
리에 떠오르자 그만 맥이 풀어졌다. 그는 힘없이 중얼거렸다.

"아니다. 남의 죄가 아니다. 우리는 피착취계급이 아니니
까 생산분배의 불공평 같은 것은 부르짖을 권리가 없다. 우
리는 착취 계급이었었다. 생산하지 않고 착취한 것을 소비만
하던 부르주아 계급이었었다. 시대의 자연적 경향을 따라서
멸망을 당하고 만 종류의 인간들이었었다. 그중에도 계급
멸망의 맨 선두에 나설 중산 계급이었었다. 그러니까 누구
를 붙잡고 원망도 할 수 없는 자연의 운명이다. 필연적 운명
이다. 우리는 멸망하고 만다. 우리의 주림, 우리의 멸망에는
마르크스 보이들도 동정을 아니한다. 도리어 자기네의 일이
덜어지니까 좋아한다. 조소한다. 아! 참담한 비극이다."

K는 마지막에 와서 자기도 모르게 비참한 소리로 부르짖
었다. 그 부르짖는 소리는 다시 돌이켜서 그의 심경을 자극
하였다. 그의 얼굴에는 비참한 빛 위에 반항의 기분이 떠올
랐다. 그는 다시 중얼거렸다.

"아니다. 그것은 인간의 본능에 어그러지는 말이다. 사람
은 배가 고프면 본능적으로 먹으려 한다. 그 먹는 것을 위하

소설가의 맛

여서는 자기의 전 존재의 힘을 다하여 싸운다. 이 욕망과 이 힘은 인류의 어느 계급을 막론하고—부르주아가 되었거나 프롤레타리아가 되었거나 동일한 성질을 가진 공통의 욕망이다. 따라서 그들은 자기네의 행동이나 그 욕망이 진리인 여부도 모르고 또한 반성하려고도 아니한다. 설사 반성을 한다 하더라도 알지도 못한다. 물론 이것이 모순이 아닌 것이 아니나 역시 어찌할 수 없는 본능이다. 배가 고프니까 먹는다는 데는 어떠한 진리, 어떠한 이론도 그것을 막아 굴복시킬 힘을 가지지 못한다. 우리는 비생산 계급이요, 전에 착취 계급이었으니까, 지금 와서는 굶어죽어 버려야 한다. 먹지 말자 하기에는 인류는 너무나 이기적이요, 생에 대한 집착이 크다."

이렇게 K는 반항으로써 변명을 하고 나서는 조금 마음이 가벼워지는 듯이 한숨을 내쉬었다. 그는 다시 독백을 계속하였다.

"더구나 우리는 옛날의 상태로 돌아가서 편하게 앉아 먹고 살려는 것은 아니다. 단지 목전에 주림과 죽음이 육박하였으니까, 그것을 면하고 또 그 다음에는 그만한 안정이나마 연장을 하여 나가겠다는데 지나지 못하는 것이다. 하물며 우리 아버지와 어머니는 지금 러시아로 가시더라도 젊은 노동자에게 지지 않도록 활동을 하신다. 실상 러시아에서 같으면 그이들은 당당한 국가의 부양을 받아야 할 것이다. 또 우리 집안의 여자, 즉 형수들도 집안 살림살이를 하여가는 노동능률로 보아 결코 비생산 계급은 아니다. 온전한 비생산 계급, 착취 계급, 고등 유민은 우리 다섯 형제뿐이다. 그런데 아무 죄도 없고 당당히 살 권리가 있는 그들이 우리와 운명을 같이하다니? 우리가 죄다. 내가 죄인이다. 나는 골동품이다. 거만한 기생충이다. 사회적으로도 그렇고 가족적으로도 그렇다. 그들은 지금 나와 한가지로 아사에 직면하고 있다. 안된다. 그들이 죽어서는 안된다. 나는 그들을 구해낼 의무가 있다. 꼭 구해내야만 한다."

K는 열에 뜬 사람처럼 벌떡 일어나 앉았다. 그는 넋이 나간 듯이 멍하고 앉았다가 풀없이 다시 드러누웠다. 그의 입엔 탄식이 나왔다.

"그렇다. 나는 아무 힘도 없다. 아무 힘도 없다. 누구나 나를 두고 빚을 주지는 않을 것이다. 어디 단돈 십 원이라도 받고 월급장이 할 곳을 얻는다 하더라도, 그것은 한 달 후가 아니면 내 수중에 돈이 들어오지 아니한다. 하루에 점심만 먹여주고 십 원씩 주는 막벌이 노동은 나는 할 수가 없다. 그러면 무엇으로? 현재의 나에게는 한 가지 수단밖에는 없다. 도적질을 하는 수밖에는 없다. 도적질, 도적질, 내가 도적질을 해? 내가? 말만 해도 창피하다. 나는 차마 못한다."

K는 자포자기가 되어버린 듯이 마지막 말을 하고 까막까막 생각하다가 갑자기 그의 얼굴에는 냉소의 빛이 떠오르며 자신을 조소했다.

"흥, 도둑질이 창피하다고? 프루동은 무어라고 했는데? 그래도 장발장이 유리창을 부수고 빵 한 덩이를 훔치는 것을 보고 그때 감상이 어땠었노? 흥, 도둑질이 창피하다고, 차마 못한다고? 노동도 못하고 월급 자리는 구했자, 보나 안 보나 그저 두어 달 있다가 나와버릴 것이고, 도둑질은 창피해서 못하고…. 에잇, 못된 부르주아 근성, 망해가는 부르주아의 유물이라고. 배나 드윽 갈라서 소금을 쟁여가지고 박제표본이나 만들어서 박물관에다 진열해둘 감이다."

K는 진저리가 나도록 자기 자신이 한껏 미운 듯이 독살스럽게 비웃고는 싹 돌아누웠다. 흥분되었던 사이에 잠깐 잊었던 시장기는 다시 침노를 하였다. 온 전신이 노그라지는 것 같았다. 이제는 먹고 싶은 생각이 그의 의식의 전부를 점령하였다.

김이 무럭무럭 오르는 하얀 쌀밥을 연한 상치에다 싸서 달콤한 고추장도 놓고 노릿한 마늘장도 쳐서 한 보퉁이씩 입에 밀어넣고 우물우물 씹어서 꿀떡꿀떡 삼켰으면, 그리고 목이 멜 테니까 흔한 갈칫국이나 미나리 잎새를 넣고 고추장을 듬뿍 넣어서 얼큰하게 끓인 국물을 떠먹어가면서 그

하얀 등성이살을 입에 넣고 가시만 옴쏙옴쏙 빼어놓으면서
실컷 좀 먹었으면, 금시에 산을 불끈 집어들 기운이 날 듯하
였다. 그의 양편 어금니에서는 신 침이 괴어 꼴깍꼴깍 목으
로 넘어갔다.

K는 무엇 잡힐 것이나 없나 하고 방안을 둘러보았다. 그
러나 머리맡 책상 위에 놓인 일 원짜리 예약전집 몇 권과 다
리미와 휘발유의 힘으로 겨우 누더기를 면한 양복때기 한
벌이 걸려 있을 뿐, 그 밖에는 그나마도 값이 나감직한 것이
없었다.

"저것을 군산으로 가지고 가서 책은 헌책전에 팔고 양복
은 잡힐까? 책은 한 권에 오십 전씩만 받아도 일곱 권이니까
삼 원 오십 전하고 양복은 잡히면… 잡히면 삼 원? 그렇지
삼 원밖에 더 아니 주렷다. 육 원 오십 전, 육 원 오십 전이면
우리 식구가 닷새는 살아가렷다. 닷새, 닷새, 닷새 후에는 또
무엇을 먹나? 에잇, 그야말로 참 생불여사生不如死다. 이렇게
되고 보면 산다는 의의가 전혀 없어진다. 닷새를 더 살기 위
해서 내가 이렇게 앙바등이냐? 그러잖으면 목전의 주림만을
면하기 위해서 그러나? 그렇지만 우선 먹어놓고 보아야 할
일이니까 저것을 가지고 가서 팔고 잡히고 해야 할 텐데, 군
산으로 가면 가서는 발가벗고 양복을 벗어 잡히나? 조선옷
이나 좀 있었으면 이런 때는 좋겠지. 책만 팔아? 아차, 군산

소설가의 맛

까지 갈 찻삯이 있어야지. 이 지경을 하고 걸어가다가는 십 리도 못 가서 죽을 것이고. 아니 군산까지 갈 찻삯이 있으면 우선 그놈을 가지고 쌀을 팔아買다가 죽이라도 쑤어 먹겠다. 어떻게 하나. 이럴 수도 없고 저럴 수도 없고. 에, 망했다. 내가 지금 자살을 하면 생활난으로 자살했다고 하렷다. 창피해라."

2

K가 배고픈 것을 잊으려고 억지로 눈을 감고 누워서 엉겨붙는 파리떼와 싸우면서 이몽가몽하다가 다시 잠이 깨기는 해가 거의 저물어가는 때였었다.

마흔여덟 시간 꼬박 이틀 동안을 굶은 그는 주린 고통의 절정이 거의 넘어가고 신경이 마비가 되었는지 찌르는 듯한 시장기는 없으나 그 대신 정신이 어리어리하였다. 그러나 그의 귀에는 반가운 소식이 들렸다. 안에서 사람의 기척이 우세두세하고 가끔 가다가 솥 댕여닫는 소리며 그릇 마주치는 소리는 틀림없이 밥 짓는다는 소식이었다. 그는 벌떡 일어나서 수건을 집어들고 방문을 열었다. 정신이 좀 휘지근했다. 그러나 무엇보다 먹겠다는 욕망에 힘을 얻어 안으로 들어갔다.

집안 식구들은 모조리 김이 무럭무럭 오르는 죽, 아욱죽 한 그릇씩을 차지하고 앉아서 혹혹 불어가며 생청보다도 맛있게 숟갈질을 하고 있었다. K의 어머니는 K를 보고,

　"내가 깨우러 가렸더니 일어났구나. 어서 세수하고 오니라. 오직이나 시장하였겠냐."

　하고 한숨을 쉬었다.

　K는 우물가로 가서 세수를 하고 안마루로 가서 앉았다. 그의 앞에도 소담한 죽 대접이 올라앉은 상이 놓여졌다. 죽이라서 먹기 싫은 것은 아니지만 어쩐지 좀 섭섭한 것 같았다. 그의 어머니는 죽을 먹다 말고 그의 상머리로 와서 앉았다.

　"어서 먹어라, 어서. 오직이나 시장히였겠냐. 꼿창(고추장) 풀어서 먹어라. 먹구 더 먹어라."

　K는 고추장을 떠 죽에 풀며,

　"쌀은 어디서 났어요?"

　하고 물었다. 어머니는 한숨을 내쉬었다.

　"뽀뿌라 나물 팔았단다."

　"할아버지 산소 앞엣 거요?"

　"그렇단다. 늬 아버지가 그새 그렇게 돈이 아쉬워두 그것만은 안 팔구 재미루 두구 보시더니 헐 수 없이 팔았단다."

　K의 어머니는 방금 울음이 터질 듯하였다. K는 자세한 이야기를 더 물어보기가 안되어서 그만두려고 하다가 그래

도 궁금증이 나서 참을 수가 없었다.

"다섯 그루 다 팔았어요?"

"그렇단다."

"얼마 받구요?"

"십 원이란다."

K는 깜짝 놀랐다. 동시에 그는 분개하였다.

"십 원이요? 도둑놈들 같으니. 아름으로도 한아름씩이
넘는 그 나무를 한 그루에 이 원씩이라니요. 어떤 놈이 사갔
대요?"

"저 너머 사는 최가가 사갔단다."

"돈은 다 찾구요?"

"웬걸이야. 우선 일 원 오십 전만 주고 남저지는 내일 저녁
때 가져온단다."

"그놈 일 원 오십 전으로 쌀을 팔었구먼요?"

"쌀 한 말 팔었다. 한 말 팔어서 닷 되는 작은집(K의 둘째
형의 집)에 보내구 닷 되는 우리가 먹구…"

"아버지 진지는?"

"작은집에서 갖다 드리라구 히였다. 너두 있구 해서 밥을
헐라구 히였더니 내일 저녁까지 먹기가 모자라게 생겨서 우
리는 죽을 쑤어먹구, 작은집은 식구가 적으닝께 세 끼니 밥
을 히여서 먹을 만허길레 그렇게 허라구 히였다."

K는 죽 한 숟갈을 떠서 먹어 보았다. 오래 시장하였던 끝이라 맛이 어떠한지 알 수 없으나, 마흔여덟 시간 만에 입으로 들어가는 것이라고 생각하니 도시 맛을 분별할 여부도 없이 목구멍으로 술술 넘어갔다. 그의 어머니는 자리로 돌아가서 다시 죽을 먹었다. K는 한참 동안 말없이 먹다가 다시 물었다.

"나무는 언제 베어 간대요?"

"내일 저녁때 돈 남저지 갖구 와서 베어 간단다. 늬 아버지는 뽀뿌라 나무 밑에 앉아 울으시더라."

이 말을 듣는 K는 그렇지 아니하여도 마음이 걸려서 조마조마하여 물은 것인데, 그 말을 듣자 대번에 목이 콱 메이는 듯하였다. 그의 눈앞에는 자식을 잘못 둔 탓으로 말년에 모진 고생을 하는 노인—그 선산 앞에 유일한 기념으로 남겨둔 나무를 팔고 안타까워서 그 나무 밑에 가 앉아 우는 여윈 노인—그 아버지의 환영이 석연히 떠올랐다.

"기름 다한 등잔에서 꺼져가는 불 같은, 이 하루하루 쇠진하여 가시는 아버지, 앞으로 몇 해를 더 살아 계시지 못할 아버지신데…"

K는 속으로 탄식을 하였다. 그러면서 그는 체호프의 〈벚꽃동산〉을 상상하였다. K가 죽 한 대접을 다 먹었을 때 그의 어머니는 주발에 담은 죽 한 그릇을 더 가지고 와서 더

소설가의 맛

먹으라고 권하였다.

"더 먹어라. 이틀이나 굶어서 오직이나 시장허였겠냐. 이 따가 시장허잖게 나수 먹어라…. 늬덜을 이날 이때까지 배는 안 곯리고 키워 오다가 이 지경을 당허닝게 눈이 캄캄하다."

K는 먹은 한 그릇도 과한 셈인데 더 먹을 수가 없었지만, 그의 어머니의 간곡한 권유에 몇 숟갈을 더 덜어서 놓았다.

"어머니, 육신이 멀쩡한 자식들이 부모를 공양해야 옳소, 아모 짝에도 쓸데없는 자식들이 굶는다고 부모가 고생고생 하시면서 먹여살려야 옳소?"

"그래두 부모된 맘은 그렇냐?"

"어머니, 어머니 아버지가 우리를 너무 귀여하시기만 하 셨지 못된 버릇을 잡어주시잖기 때문에 오늘날 모두 이 지 경이 된 것을 지금도 모르시우? 자식이 다섯이나 된다는 것 이 모두 잡어두 못 먹을 감이 아니어요?"

"암만 그리두 부모된 맘은 그렇잖느라."

"그렇잖기는 무엇이 그렇잖어요? 한집안에 아편쟁이가 둘씩이나 되고, 그란하면 번들번들 놀면서 부모 고생이나 되 시게 허구…. 그런 자식들을 나 같으면 돌아다도 안 보겠습 니다."

"그럴래서야 부모 자식 새에 좋달 것이 무엇 있겠냐. 좋아 도 자식 나저도 자식, 잘나도 자식 못나도 자식… 자식한테

가는 정은 일반이지… 자식이 잘 벌어다가 호강스럽게 먹여 살린다구 더 사랑허구 불효헌다구 미워허구 날노릇(돈벌이) 못헌다구 안 돌아본대서야 그게 어디 부모냐. 너는 아직 모른다. 너두 남의 부모가 되어 보아야사 그런 것 저런 것을 알지. 인제 두구 보아라만, 자식이 잘못될수록 애처럽구 불쌍한 맘은 더하느니라."

K의 어머니의 하는 말은 조금도 가식과 과장이 없이 마치 물이 얕은 곳을 따라 저절로 흐르는 것처럼 자연스럽고, 그 자애로운 품은 예수가 창생에게 대한 그것이나 질 바가 없이 깊었다. K는 다른 때와 한가지로 불평을 겉으로 내어뿜기는 하나 역시 마음으로는 고개를 숙이지 아니치 못하였다.

그의 어머니는 말을 잠깐 그치고 담배를—담배가 아니라 뽕잎사귀 말린 것을 담뱃대에다 넣어가지고 불을 붙여 서서히 빨면서 말을 이었다.

"그러닝게 너나 어서 속을 채려서 돈을 벌어 갖구 잘살어라. 이렇게 굶주리구 고생허던 일을 일러가면서 잘살어라. 그러면 늬 아버지하구 나하구 찾아가마. 늬 아버지나 내나 인제 살면 십 년인들 더 살 것이냐만, 그래두 막내둥이가 벌어다 주는 것을 단 하루이틀이라두 편허게 앉어 먹다가 죽으믄 다시 원이 없겠다."

K는 방금 눈물이 터져 나올 듯하였다. 그는 조금 남은 죽

을 얼른 긁어 먹고 일어서서 문밖 길거리로 나갔다. 오래 주린 끝에 배불리 먹은 터라 뱃속이 거북하고 기운이 착 가라앉아서 움직일 힘이 나지를 아니하였으나, 그는 누워 있기가 싫어서 억지로 밖으로 나간 것이다.

K는 단지 일념이 어떻게 무슨 짓을 하여서라도 설사 자기 앞길의 전부를 희생하여서라도 그의 어머니 아버지가 살아 있을 동안만 편안하게 봉양을 하고 싶었다. 그러나 그 방법을 생각하면 아무리 생각하여도 묘연하였다. 그는 어느 편으로든지 극단으로만 나아가면 그만만한 방법이야 없지가 아니할 터인데, 그 극단을 향하여 나아갈 용기가 없고 안전한 중용의 길만 취하려고 애쓰는 자기가 저주스러웠다.

3

배가 부른 뒤에는 자연의 아름다움도 눈에 띄었다. K는 집앞 들판으로 걸음을 옮겼다. 해는 거의 석양이 가까웠다. 봄내 두고 물이 실렸던 무논에는 노란 물뺀드기꽃이 아담하게 피어가는 봄을 마지막 장식하였다. 먼 봇논에서 석양 햇빛을 받아 일어나는 게으른 반사는 저물어가는 하루해의 쇠잔한 힘을 도우려는 듯이 한심스러웠다. 한창 우거져가는 짙은 숲에 싸인 골안에서는 곳곳에서 저녁 연기가 솟아올라왔다. 밭마다 가득가득 들어선 보리목은 노르스름하게 익어서 보릿고개를 바라보고 후유후유 올라오던 사람들에게 안심의 신호를 보이는 듯하였다. 남산은 푸르렀다. 산속에서 우는 짤막한 뻐꾹새 소리도 푸르게 들렸다. 들에서 일하는 사람들의 흰 그림자는 아직도 그치지 아니하였다. 풀언덕에 매인 하얀 염소만이 해가 저문 것이 걱정스러운 듯이 매매 하고 울었다. 논 귀퉁이를 조금씩 차지한 못자리판도 파란 우단을 펼쳐놓은 것같이 귀인성 있게 자라났다. 모든 것은 질탕한 환락의 봄꿈에서 깨어 줄기차고 무게있는 활동을 하는 기분이 완연히 떠돌았다.

K의 머릿속에는 가지각색의 명상이 두서를 차릴 수 없이 샘물 솟듯 솟아올랐다. 그는 기울어지는 해를 바라보고 탄식을 하였다.

"서산낙일, 서산에 지는 해, 하루를 두고 정해진 운명."

마침 멀리서 기적소리가 한 마디 윙하고 우렁차게 들렸다. K는 기차를 연상하고, 서울을 연상하고, 그리고 서울, 과거의 서울 생활이 모두 연연하게 그리운 자태로(지나간 그때 당시에는 싫던 것까지라도) 눈앞으로 어릿어릿 지나갔다.

"D와 B, 정다운 친구, 너무나 오랫동안 서로 무신하게 지내왔다. 그리고 R… R…"

K는 불현듯이 서울이 가고 싶었다. 가고 싶은데 갈 수 없음을 생각할 때에 더욱 가고 싶었다. 그는 발길을 돌이켰다. 자기 집이 눈에 보이매 어떻게 하면 좋은가 하는 생각에 마치 못 먹을 것을 먹은 것처럼 마음이 꺼림칙하고 두서 없는 계책이 시끌덤벙하게 머릿속으로 드나들었다. 그는 자문자답을 하였다.

"나는 대관절 무엇일꼬?"

"배고픈 신사, 양반 거지, 거만된 기생충, 양서류의 냉혈 동물."

"옳다, 그렇다. 모두가 사실이다. 나는 현대 생활에 적응성이 없다. 사회도태 원칙으로 나 같은 인간은 멸망할 운명을 타고 났다. 나는 생물계에 있어서 군더더기이다. 필요가 없는 존재이다. 그뿐 아니라 내 스스로도 명색 없고 긴장미가 없는 이 생활에는 염증이 난다. 가버려야 한다. 그곳으로 가버려야 한다. 전에 무심코 세워둔 계획이 지금 와서는 대단히 필요하게 쓰인다. 어머니 아버지께는 안된 일이지마는 뭐 어쩔 수 있나. 그리고 형님들이 아무리 무엇 하기로니 내가 간절히 부탁을 하면 그래도 마음이 움직여서 지금처럼 어머니 아버지가 고생을 하시도록은 않겠지. 더구나 큰형님이 이번에 감옥에서 나와서 다시는 아편을 하시지 않고 집안일을 보살피면… 그러면 이제는 나는 자유다. 아무 미련도 없다. 유희가 남았을 뿐이다. 아무 데도 쓰잘데 없는 이 생명을 가지고 한번 불이 번쩍나게 통쾌한 유희를 하여본다. 붉은 피가 뎅겅뎅겅 듣는 유희다. 유희다. 생명의 유희다."

K는 살기를 머금은 미소를 띠고 입을 악물었다. 그의 얼굴은 참담하기는 하나 일종의 가벼운 빛이 번쩍였다.

4
—

석 달이 지난 뒤에 K에게서 그의 집으로 한 장의 편지가 왔다. 어디라고 주소는 쓰지 아니하였고, 다만 간도 어느 우편국의 일부인이 찍혀 있었다. 편지는 그의 어머니에게로 "끝으로 자식 하나를 아니 둔 세음만 잡고 헛되이 기다리지 말면 불효의 죄는 지하에 가서 갚겠다"는 것과 또 한 장은 그의 맏형에게로(형무소에서 일 개월 노역형을 마치고 출옥하여 집에 있었다) "마음 고쳐먹고 자기를 대신하여서라도 부모를 잘 봉양하여 달라"는 사연밖에는 더 아무 말도 쓰이지 아니하였다.

소설가의 맛

빈貧·제일장 제이과

— 젖

1

유모는 몸뚱이며 얼굴이 물크러질 듯 벌겋게 익어가지고 욕실 밖으로 나왔다.

오정때가 갓 겨운 참이라 욕실 안에서는 두엇이나가 철썩거리면서 목간을 하고 있고, 옆 남탕에서는 관음 세는 소리가 외지게 넘어와서 저으기 한가롭다.

제자리에 앉아 꾸벅꾸벅 졸던 주인 아낙네가 유모가 열고 나오는 문소리에 정신이 들어 싱겁게 웃어 보인다.

유모는 수건을 둘러 중동만 가리고 체경 앞에 넌지시 물러서서 거울 속으로 뚜렷이 떠오른 제 몸뚱이를 흠파듯이 바라다보고 있다. 담숭담숭 물방울이 앉은 몸뚱이가 살결이 고와

기름이 듣는 듯하다. 팔다리도 거기 알맞게 몽실몽실, 그리고 소담스런 젖가슴과 푸짐한 방둥이가 모두 흐벅지다.

그는 왼눈을 째긋이 감으면서 쌍스럽게 두꺼운 입술을 벌려 빙긋 웃는다.

'혼자 보기는 아깝다.'

그는 느긋이 만족하면서도 한편 섭섭해서 혼자 속으로 중얼거리는 것이다.

그새 문 밖에서 살 때는 그런 것 저런 것 알 줄도 몰랐다. 그러다가 석 달, 유모살이로 들어와서 사는 동안 자주 목간을 다니면서, 겉으로 옷이나 잘 입고 훤칠해 보이는 여자들이며 기생들이며의 말라빠진 몸뚱이나 앙상한 얼굴을 많이 보느라니까, 그는 저의 탐스런 몸뚱이에 차차로 자긍이 생겨,

"나도 이만하면…"

누구만 못할 게 없다고 어렴풋한 즐거운 기대를 가지게 되었다.

그는 시방도 요즘 매일같이 주인아씨를 찾아와서 노는 '이주사'의 심상치 않은 말치며 눈치가 문득 생각이 나고, 그러자 온몸에 그 손이 와서 스멀거리는 듯 근질근질 근지럽고 비비 꼬여지는 것 같았다.

얼마를 그러고 섰었는지 겨우 입안이 텁텁한 게 담배 생각이 나서 체경 앞을 물러설 때는 몸에 묻었던 물방울이 제

풀로 다 말라버렸다.

그는 옷장 앞 옷 광주리에서 마코 곽을 찾아가지고 창 밑 걸상으로 가서 한 대 붙여 물고는, 뼛속까지 스미게 깊이 흡연을 들이마신다.

오래 목간을 한 끝에, 담배 기운이 몸에 폭신 배는데, 겸하여 열어젖힌 창문으로 첫여름의 흔흔한 간들바람이 자리 안 나게 불어들어 알몸뚱이를 어루만져준다. 그는 미칠 듯 길거리로 뛰어라도 나가고 싶은 것을 참다못해 눈을 스르르 감다가 그대로 힘을 불끈 두 팔을 벌리고 허공을 그러안는다. 부지직 기운이 솟아나고 사지가 뒤틀려 견딜 수가 없던 것이다.

애기가 잠이 깨어 울고, 주인아씨가 악살이 나서 팔팔 뛰는 모양이 잠시 머리에 스치다가 말고, 그는 그냥 퍼근히 걸상에 앉아 목간 후의 피로를 맘껏 쉬면서, 연해 '이주사' 등을 생각해보느라고 해망을 부린다.

그는 유모로 들어와서 여러 가지 새롭고 재미있는 생활을 맛보았다. 그러나 그러한 것들은 한 번, 두 번, 세 번 혹은 매일같이 되풀이를 하는 동안 차차 먹히고 싫증이 났다.

끼마다 먹는 고기와 양즙이 싫어나고, 마코보다는 더러 눈을 기어 뽑아 먹는 주인아씨의 피종이나 해태가 더 맛이 있어 가고, 주인아씨의 간드러진 노랫소리가 귀가 아프고,

비록 남의 것이나마 처음 볼 때에는 제 것인 듯이 푸짐해 보이던 방안 짐들이 인제는 시들하고…

그러나 한 가지, 목간탕에 다니는 것 ― 목간을 하고 벗은 몸을 맘껏 내놓고 앉아 노곤한 몸을 쉬면서 같은 여자들에 겔망정 자랑을 하고 하는 것만은, 하면 할수록 더 좋아 날마다라도 하고 싶었지 조금도 물리지는 않았다.

더구나 목간탕은 누가 오든지 벗고 들어오는 알몸뚱이에 수건 한 개 그것뿐이라, 그러니 그 속에서는 육집 좋고 얼굴 좋은 사람이 잘난 사람이요, 뽐내는 판이다. 유모니 아씨니 해서 한팔 꺾일 일도 없고, 본견이니 인조견이니 하는 그런 안타까운 분별도 거리끼지 않을 수가 있는 곳이 목간탕 속이다.

이런 것으로 해서 유모는 더욱 목간탕 다니기가 좋았다.

마코 한 개를 대빨주리가 타들어오도록 다 피우고 나서, 유모는 가까스로 일어선다.

체경 앞에는 요전에 산, 골라잡아서 십 전짜리 생철 목간 대야가 놓여 있다. 그 속에는 눈먼 고양이가 조기 대가리 아끼듯 아끼는 크림, 분, 연지 이런 것이 올망졸망 담겨 있다.

단장을 하는 데 시간이 걸린다. 숱이 짙어 부피 큰 쪽을 한 번 더 치켜서 합성금 비녀로 꽂아놓고 크림으로 얼굴을 편다. 그 위에다 가루분을 약삭빨리 도닥도닥, 눈두겁과 볼에 연지칠, 동강난 루즈로 입술을 붉게…

이러한 화장법과 화장품들은 주인아씨의 수법과 아울러 쓰다 버린 것을 물려받은 것이다. 화장품은 개중에는 주인아씨가 채 미처 다 쓰지도 않은 것을 그저 슬그머니 차지한 것도 있다.

단장을 한 얼굴은 좀 솜씨 있게 빚은 밀가루떡 쉼직하나 유모 자신은,

"어따가 내놓아도…"

하는 흡족한 생각에 다시 한 번 얼굴을 되들고 마슬러본 뒤에 옷을 걷어 입는다.

'옷도 이 살결같이 보들보들한 비단옷이었으면.'

그는 주인아씨가 안팎으로 휘감는 비단옷을 시새워하면서 한숨을 내쉰다.

2

유모는 목간집 앞에 나서서 누구 지나가는 사내가 좀 치어다보아 주지 않나 하고 얼굴을 이리저리 두르다가 마침 길 건너편 반찬가게에서 바구니를 팔 고분댕이에 끼고 나오는 옆집 행랑어멈과 눈이 마주쳤다.

"또 목간허러 왔구려."

"건 머유?"

둘이는 서로 알은체를 하면서, 마주 나와서 길 한복판으로 나란히 어깨를 걸고 걸어간다.

"사뭇 흰허네! 어쩌믄 저렇게 좋게두 생겼을꾸."

나이 사십에 이십 년 남의 행랑살이로 자식이 셋, 사내가 둘째라는 뻐드렁니 노마네가 같이 걸어가면서, 실상 유모의 얼굴은 자세 보지도 않고 입술 끝으로 추어넘기는 수작이다.

"누가 또 그런 소리 허랬나."

유모는 짐짓 쌩똥거리나, 눈으로는 웃고 속은 더 좋아한다.

그러면서 그는 노마네가 으레껏 하는 행티로,

"가만 있수. 내 인제 좋은 하이칼라상 하나, 응? …"

하면서 눈을 찌긋찌긋하기를 기다렸으나, 원체 한길이라 그래도 조심을 하는 속인지 그 말은 나오지 않는다.

노마네는 그 대신,

"무슨 목간을 그리 자주 다니우?"

하면서 시새워한다.

"자주가 무슨 자주? … 이번은 엿새 만에 겨우 온걸…"

"제에기, 나는 일 년에 한 번 얻어 허기가 고작인데…"

"아이, 그리구 어떻게 살어! … 나는 사흘만 목간을 안허믄 몸이 사뭇 군시러서 못 견디겠는걸…"

소설가의 맛

사흘만 목간을 안하면 군시러워 못 견딘다는 말은 주인 아씨한테서 배운 소리다.

유모가 처음 들어와서 목간을 자주 안하니까 주인아씨는 몸에서 냄새가 나고, 그 냄새가 애기한테까지 밴다고 핀잔을 주던 끝에 한 말이다.

그때는 그 말이 고깝게 들렸으나, 차차 지나나가노라니까, 목간을 안해서 몸이 근시런 줄은 모르겠어도, 말을 그렇게 하면 아주 귀골다운 것 같아, 지금은 유모 제가 걸핏하면 써 먹기까지 하던 것이다.

서로 주거니받거니 주인네 흉아작을 한바탕 늘어놓는 동안에 중학다리 개천가의 유모네 집 문 앞에 당도했다.

안에서는 아나나 다를까 아이가 떼를 쓰고 우는 소리가 왁자 들려 나온다.

유모는 그러나 심상히 돌아서서,

"놀러오우."

하고는 노마네의 대답까지 기다린다.

"손인지 발인지 들끓어와서 야단법석을 내서 틈이 나야지."

노마네는 연신 고갯짓을 하면서 마땅찮게 제 집을 돌려다 본다.

"벙뗑하지 머. 아이, 참."

유모는 소리를 죽여 소곤소곤.

"나 목간허구 오믄 권번에 간다구 그랬으니깐, 응? 좀 있다가 오우. 우리 같이 즘심 먹게."

노마네는 얼른 반가와하다가,

"글쎄…"

하면서 망설이더니,

"그럼, 내 눈치 봐서 빠져나오께…"

하고 총총걸음을 쳐서 바로 웃집 대문으로 들어가다가 해뜩 돌아다본다. 유모는 그제서야,

"이거 또, 재랄깨나 하겠구나!"

속으로 뜨윽해서 주춤주춤하다가 아주 바쁘게 돌아오는 듯이 안마당으로 쑥 들어선다.

주인아씨는 방금 볼때기가 터질 듯이 성이 나서, 마루에 가 퍼버리고 앉았고, 어린아이는 내동댕이를 친 채로 그 앞에가 누워 발버둥을 치면서 울고 있다.

주인아씨는 항용 하는 버릇으로 아이가 자고 깨어 우니까, 나지도 않는 빈 젖을 물려 달래다가 그만 파깃증이 나서 홧김에 볼기짝을 찰칵찰칵 붙여 밀어 던지고 있는 판이다. 그는 유모가 돌아온 줄 번연히 알면서 눈도 거듭떠보지 않고 있다가, 울던 아이가 놀라 울음을 뚝 그칠 만큼 곧은 목청으로 한마디,

"무슨 놈의 행사야!"

소리를 치고는 독살이 올라 더 말은 하지 못하고 색색 숨만 가쁘게 쉰다.

그러자 꽥 지르는 소리에 잠깐 울음을 그쳤던 아이가 다시 와 우니까 냅다 발목을 잡아 젖히더니 입을 악물고 여지없이 볼기짝을 한 번 따악 붙인다.

"뒤어져버려라, 이놈의 자식! 누가 생겨나랬더냐? … 되지두 못헌 소갈머리…"

쏘아붙이고는 벌떡 일어서서 허리춤을 치켜 내놓았던 젖가슴을 다스린다.

유모는 주인아씨의 첫마디 뜬는 소리에 반사적으로 어금니에 밤을 물고 건넌방 툇마루 앞에 가 돌아서서 젖은 수건만 만진다.

"에이! 아니꼬운 놈의 꼴 보기 싫여!"

주인아씨는 뇌꼴스럽다고 씹어뱉으면서 파라솔을 집어들고 마당으로 내려선다.

"원, 아무리 남의 밥으루 살기루서니, 고따우루 얌체없는 보짱머리가 있더람? 내가 무어랬어, 그래! 그만침 떠 먹듯이 일렀으면 한뼘 얼굴 대접을 해서라두 냉큼 다녀와야지… 목간이 아니라 그 잘난 놈의 몸뚱이를 그래 깝질을 한벌 벳기나! … 흥! 되지두 못헌 게 게다가 단장험신다구 그렇게 더디 왔지 머… 세상이 망헐랴니까 원, 꼴 아닌 꼴을 다아 보구 살어…. 젖이 아니면 제 따우가 어디 가서 찬밥 한술이나 얻어먹어? 참 어림없지…"

나가다가는 돌아서고 돌아섰다가는 되돌아서고 하는 동안 마지막 말은 대문간에서 사라진다.

이 가시 같은 정가가 그러나 살 두꺼운 유모의 신경에는 그다지 아프게 찔리지 않았다. 그는 맨처음,

"무슨 놈의 행사야!"

하는 한마디에 그저 타성적으로 볼때기를 처뜨리고 뚜하니 이짐을 부리기는 했으나 실상 성이 난 것은 아니다. 보나 안 보나 주인아씨가 그렇게 해 퍼붓고 나간 뒤에 바로 누구 말동무라도 있으면, 그는 영락없이 해해하고 웃었을 것이다.

주인아씨가 멀리 갔음직해서 유모는 마루로 올라가서 세수대야며 수건이며가 지저분하게 널려 있는 경대 앞에 가 주저앉아서 화장품을 이것저것 꺼내어 얼굴을 덧칠을 한다.

울고 누웠던 아이가 비로소 유모를 보고 엉금엉금 기어오면서 울먹소리로,

"음마."

부른다.

유모는 밉살스럽다고 한참이나 눈을 흘기다가,

"배라먹을 아이! 왜 벌써 깨서 그 재랄발광이냐."

하면서 아무렇게나 아이를 잡아 끌어다가 젖을 불쑥 물

려준다.

아이는 아무 상관도 않고, 그저 울음을 뚝 그치면서 고사리 같은 두 주먹으로 젖통을 움켜다가 쭉쭉 빨아들인다.

"망헐 집 아이!"

유모는 볼기짝이라도 한번 훔쳐 갈기고 싶어 내내 구박이다.

아이는 오래 울던 끝이라, 가끔 학학 느끼면서 아직 눈물 어린 눈으로 말끄러미 '젖어미'를 올려다만 본다.

마침 젖살이 올라 흰떡으로 빚은 듯 볼때기 팔목 주먹 아랫도리 모두 부옇고 토실토실하다.

처음 넉 달 있다가 나간 유모에게는 그런 줄 저런 줄 모르더니, 이번 이 유모한테는 아이가 바싹 낯을 익혀가지고 여간만 따르는 게 아니다.

"왜 또, 큰소리가 났수?"

마침 옆집 노마네가 안대문으로 기웃이 들여다보더니, 유모 혼자 있는 것을 보고 활갯짓을 하면서 안마당으로 들어선다.

유모는 아니나다를까 해해 웃다가,

"이, 방정이 재수없이 잠이 깨애가지구는 재랄을 해서 그랬다우."

하면서 아이한테 주먹질을 하다가,

"손님네 갔수?"

"간 게 머유! 시방 한창 법석인걸…"

노마네는 마룻전에 걸터앉아 괜히 사방을 둘러본다. 어서 먹자던 점심이나 먹었으면 하는 속이다.

"같이 즘심 먹읍시다…. 먹을 건 없지만서두…"

하는 유모의 권념에

"안 먹으면 어때! 난 어여 가봐 주어야지."

하면서도 일어서지는 않는다.

그는 유모가 '심부름 같지만' 하면서 시키는 대로 부엌으로 들어가서 밥상을 차려가지고 나온다.

고기 구워 둔 것은 아침에 군 것이라고 맛이 나갔대서, 곰국은 식어서 기름이 엉긴대서, 장조림은 너무 짜대서, 유모는 모두 젓가락도 대지 않고, 그 덕에 노마네만 목구멍의 때를 벗긴다.

유모는 젓가락으로 밥을 께지럭께지럭 먹는 체 마는 체,

"무어, 밥 먹을 것이 있어야지! … 저는 밤이나 낮이나 나가서 처먹는다구, 제 자식 젖 먹여 기르는 사람두 좀 생각해야지! 걸핏하면 꼬라지는 나서 생지랄은 허믄서…"

한바탕 강 건너 눈흘기기로 욕먹은 앙갚음을 심심풀이 삼아 씹어놓는다.

3

점심 뒤에 아이에게 젖꼭지를 물리고 누워 잠이 들었던 유모는 남편이 가만가만 부르는 소리에 잠이 깨기는 했다. 그는 왜 또 찾아들어왔나 하고 아예 마땅치 못해서, 잠이 깨어서도 짐짓 눈을 뜨지 않고 한참이나 자는 체 누워 있다가 마지못해 푸스스 일어나 앉는다.

어느 모로 보든지 남편질을 하지 못하는 남편이겠다, 찾아온 것이 반갑지도 않은데, 영락없이 무어 또 돈이나 조르러 왔을시 분명한 거라, 그는 왔느냐는 말도 안하고 소 닭 보듯이 멀거니 치어다만 보다가 그나마 외면을 해버린다.

아내라는 유모에 비하면, 남편 최서방은 판판 약질이다. 어떻게 보면 글방 서방님이 아니면 포목전의 젊은 점원 같다.

그래서 막벌이 노동자지만, 함부로덤부로 아무 일이나 하지를 못하기 때문에 사흘에 한 번이나 나흘에 한 번 일이 얻어걸리기가 어렵다.

그래도 더러는 밥을 먹는다. 그 '더러는 먹는 밥'이 태반은 누구의 덕이냐 하면, 아내가 유모로 들어와서 받는 월급 십오 원에서 십 원씩 떼어주는 그 돈 덕택이다. 그리고 그것은 다시 제네들의 어린 것이 젖을 뺏긴 그 덕이다.

본시 나약하고 또 무른 성미에 가뜩이나 풀풀하고 기승

스런 아내에게 얻어 먹고 살다시피 하니, 그 앞에 나오면 자연 기가 죽을 수밖에 없던 것이다.

"아, 어린 것이!…"

최서방은 시방 아내가 제가 돈이라도 뜯으려 들어온 줄로 지레짐작을 하고서, 그렇게 찌르투룸해서 있는 눈치를 아는 터라, 어린 것이… 하고 말을 운만 따다가, 우정 끝을 흐리던 것이다.

어린 것이라는 게, 난 지 석 달 만에 에미가 이 집으로 유모살이를 들어오느라고 시모와 남편의 손에서 길리는 제네들의 소생이다.

"어린 것이!"

유모는 막상 돈 이야기가 아니고, 불쑥 어린 것 말이 나오니까, 제사 싱겁던지 낯꽃이 조금 누그러진다.

"응… 뒤어질라구 그러는지, 원…"

최서방은 속이야 어디로 갔던지, 아내의 비위를 거슬러주지 않으려고 아무렇지도 않은 듯이 남의 이야기하듯 뚱긴다. 유모 역시 남의 일처럼,

"잃는다우?"

"응."

"제, 바래지두 않는 게 왜 생겨가지굴랑 잃기는 또…"

유모는 제풀에 심정이 나서 혀를 차다가,

"언제버틈?"

"한 댓새 되나."

"뒤어지믄 제 팔자 좋지 머… 그대루 자라믄 별수 있을라구…"

최서방은 더 말을 못하고 끄덕끄덕 앉았다가,

"인주어, 담배나 있거들랑 한 개…"

하면서 손을 내민다.

유모는 옆에 놓았던 마코 곽에서 한 개 꺼내어 볼품 사납게 홱 던져준다.

최서방은 검다 희다 없이 집어서 피워 물고, 우두커니 한눈만 팔고 앉았다가 혼잣말같이,

"그거 참… 병원이라두 좀 데리구 가볼래두, 어제 그저끼 일두 못해설랑 샀이나 받은 게 있어야지!"

그러나 이렇게 말을 비추는 눈치를 저편이 모를 턱이 없다.

"별, 옘병헐 소리두 다아 듣겠네! 무슨 돈으루 벵원인지 급살인지를 데리구 가는구? 내버려두믄 제 명이 있으믄 살아나구, 그렇잖으믄 벵원 아니라 천하 없는 디를 데리고 가두 뒤어질걸…. 남은 속상해 죽겠구만, 귀인성 없는 소리만 투웅퉁 허구 있어!"

최서방은 그만 질끔해서 덜미가 보이도록 고개를 푹 숙이고 담배만 빤다.

유모는 싹 돌아앉아서 한참이나 있다가 일어서서 방으로 들어가더니, 제 손그릇을 뒤져 십 전짜리 한 푼 오 전짜리 한 푼을 골라가지고는 도로 마루로 나오면서 남편에게 댕그랑 던져준다.

"옜수. 뱅원인지 지랄인지 그런 소리는 내지두 말구, 그걸루 약이나 한 첩 지어다 먹이우…. 오전을랑 담배나 한 곽 사구…"

최서방은 구멍박이 두 푼을 집어들고 머뭇머뭇하다가,

"있거들랑 오 전만 더 주어."

하면서 뒤통수로 손이 올라간다.

"없어요! 내가 무슨 돈이 있다구 그러우? 내가 사주전을 맨드나? 어디 가서 서방질을 허나? 그저 육장 와서 입 벌린다는 게 돈, 돈 허니…"

"없거들랑 고만두어… 난 이놈으루 십 전은 약이나 한 첩 짓구, 오 전만 더 보태서 마암거리나 한줌 얻어가지구 갈려구 그랬지."

유모는 통통거리고 도로 방으로 들어가더니, 오 전 한 푼을 더 찾아다 준다.

그의 손그릇에는 파라솔을 사려고 아껴둔 일 원짜리 두 장과 잔돈이 몇십 전은 더 있었다.

최서방은 오 전 한 푼을 민망하게 더 받아들고,

"쥔아씨헌테 말이나 허구서 잠깐 나와서 안 굽어다볼래여?"

실상은 이 말을 하자고 들어온 것이다.

"내가 나가 본다구 죽을 게 살어나우?"

유모는 여전히 보풀스럽게 머쓰리고 나서,

"한 달에 하루 다녀오는 것두 속으루는 찜찜해허는 걸, 무척 나가보라겠구먼."

"참, 어디 갔어?"

인제 그만하면 볼일은 다 보았으니 일어서서 나갈 일이로되, 그러나 그냥 주저앉은 채 최서방은 히죽이 웃으면서 유모가 거처하는 건넌방을 넌지시 넘겨다본다.

그 눈치를 알아챈 유모는 저도 잠깐 속으로 망설이다가,

"얼른 나가 보기나 해요! 괜히…"

하고 쏘아버린다.

마루에서 뒹굴던 아이는 다시 유모에게로 기어올라 부우연 젖통이를 하나는 물고 하나는 움키고 쭉쭉 들이빤다. 최서방은 제게서 아내를 또 죽어가는 자식에게서 기름진 젖꼭지를 뺏어간 이 조그만한 폭군에게 대해서 아무런 적개심도 가질 줄 모르고 그냥 돈 이십 전만 손에 쥔 채 돌아서 흐느적흐느적 대문간으로 나간다.

4

최서방 살고 있는 집 — 집이 아니라 세로 들어 있는 건넌방은 대낮이면서 앞으로 좁다란 문 하나밖에 나지 않은 방안은 눈 어둔 노인같이 침침하다.

방안에서는 노파가 꼬부라진 허리를 더욱 꼬부리고 앉아, 다 닳은 촛불같이 목숨이 가물거리는 손자를 들여다보며 연신 한숨을 쉬곤 한다.

아이는 울 기운도 다 빠져, 대창같이 야윈 눈뚜껑을 감고서 가끔가다가 꽁꽁 앓는 소리만 낸다. 여섯 달이라면서 몸피와 키는 갓난아기만도 못하고, 주먹이며 팔다리는 야위다 못해 배배 꼬여 붙었다.

난 지 석 달 만인 지금부터 석 달 전에, 그 좋던 어미 젖을 놓치고 이내 고무 젖꼭지로 빨아 먹은 것이라고는 좀 낫다는 것이 할머니가 쑨 미음이요, 그것조차 한 달에 태반은 동네 집에서 얻어온 밥물로 때워오곤 했었다.

해서 제 젖을 먹고 자랐으면 지금쯤 젖살이 복술복술 올라 '떡애기'라고 마침 탐스러울 판이요, 벙싯벙싯 웃기도 하고 설설 기어다니고 할 테련만, 닷새 전 병이 날 때까지에 겨우 사람 되는 시늉이라고는 누운 자리에서 엎치는 재주 하나를 배운 것뿐이다.

　　　　　　　　　　　　소설가의 맛

그래도 할머니는 그것이 신통해서(어미 젖을 뺏기고, 그러나
마 그렇게 살아서 자라기는 하는 것이 더욱 애처롭고 신통해서) 남
의 할머니다운 애정으로 기뻐도 하고 귀애도 하고 해왔었다.

그러던 끝인데, 아이가 체를 했는지 달리 무슨 병이 났는
지 몸이 불덩이같이 덥고 가시같이 보채면서, 고무 젖꼭지
를 물려주어도 혓바닥으로 밀어내고 통히 먹지를 않았다.

할머니는 밤잠도 자지 못하고 밤낮으로 아픈 허리를 꼬부
리고 안았다가 뉘었다가 하면서 그 복대기를 다 치르었다.
아비는 있대야 새벽 어둑하니 나가면 벌이야 있건 없건 저물
게 돌아와서 나무토막처럼 쓰러져 자느라고, 그저 자식이
앓는 줄이나 알았지 성화는 먹지 않았었다.

그러는 동안에 아이는 울고 보채고 하던 것도 이제는 그
나마 기운이 죄다 빠져, 목숨은 겨우 숨통에만 남은 듯이 빨
딱빨딱 가늘게 가쁜 숨만 쉬고 있다.

"에구 가엾저라! 무엇하러 생겨났더냐!"

할머니는 질적거리는 눈에 눈물을 찔끔찔끔 흘리면서 넋
두리를 내놓는다.

"가난이 원수지! 그 좋던 어미 젖을 뺏기굴랑, 쯧쯧… 에
구 불쌍헌지구. 이러다가 그냥 뒤어지면 어쩐단 말이냐! 어
미 젖이나 한 모금 얻어먹구 뒤어져두 뒤어져야 헐텐디. 그냥
뒤어지면 배가 고파서, 쯧쯧 배가 고파서 어쩐달 말이냐! 에

구 불쌍헌지구."

그새 몇 번이나 두고 안 듣던 아비를 졸라 어미를 데리러 보내는 놓고도 오리라고는 싶지 않아서 하는 말이다.

아이는 다시 부대끼느라고 손과 발을 가느다랗게 바르르 떨면서 모기소리만 하게 앵앵 사라질 듯 운다.

할머니는 밀려 내린 누더기를 덮어주면서,

"오오냐, 오냐."

하고 다독거리나 그래도 울기만 한다. 행여 좀 빨아들일까 하고 식어빠진 밥물에 잠근 젖줄을 아이의 입에 대어주는 것이나, 아이는 입술만 조금 놀리다가 도로 밀어낸다.

"오오냐, 오냐. 인제 에미가 와서 네 젖 주지 잉… 오오냐 오냐, 우지 마라. 쯧쯧! 이왕 뒤어질려거든 부대깨지나 마라!"

5

닷새가 지나간 음력 그믐날.

유모는 곱게(적어도 저는 그렇게 믿는다) 단장을 하고 옷도 차곡차곡 해두었던 것을 싸악 갈아 입고 집에를 나갈 양으로 나섰다. 오늘은 월급날이요, 겸해서 한 달에 한 번 휴가를 타는 날인 것이다.

그는 오늘 아침에 받은 월급 십오 원에서 이 원은 전에 쓰다가 둔 이 원과 한데 합쳐서 손그릇에 두어두고, 십삼 원과 잔돈을 지니고 나섰다.

나서던 길로 맨 먼저 들른 곳이 샌전 모퉁이에 있는 조그마한 잡화점이다. 이 잡화점 진열에 내놓은 파라솔 하나를 그는 십여 일째 두고 눈총을 들여오던 참이다.

처음 그놈이 진열창에 내놓였을 때, 그는 대번 눈에 들어서 값을 물어보았다.

삼 원 이십 전.

일 원 한 장만 더 보탰으면, 그때 시재로 살 수가 있었다. 그래서 주인아씨와 이웃에 말을 해보았으나 되지 않아서 오늘까지 속을 태우면서 미뤄왔던 것이다.

어느 날 밤 꿈에는 그 파라솔을 펴 받고 어떻게 된 셈인지 놀음에 불려서 인력거를 타고 종로 한복판을 지나가 보기까지 했었다.

그렇게 미망이 졌던 것인지라, 마침내 돈을 주고 사서 활짝 펴들고 상점 앞을 나서니 어떻게도 좋은지, 파라솔 그것처럼 몸이 가볍게 떠오르는 것 같았다.

그는 등 뒤에서 젊은 점원이 싱긋 웃으면서,

"아주 썩 잘 얼리십니다! 그럴 듯헌데요!"

하고 실상은 조롱을 하는 것도 정말 칭찬으로 들리어 몸뚱이가 근질근질했다.

　그는 그 길로 다시 ××백화점에 들렀다. 위아래층을 골고루 다니면서 많이 구경을 하고, 마침내 설탕 한 근을 사가지고 전차 안전지대로 나섰다.

　그는 사람마다 다 저를 유심히 보아주지 않는 것이 이상했다.

　남편은 벌써 줄 맞은 병정이 되어 오늘은 일도 나가지 않고 집에서 기다리고 있었다. 유모는 애초에 오늘 집에를 나가지 말고 있다가 남편이 기다리다 못해 저녁때 어슬렁어슬렁 찾아 들어오거든 돈이나 주어 보내고 말까 하고 두루 망설였었다. 구접지근한 그 동네 그 집에를 나가기가 싫던 것이다.

　그러나 그래도 저으기 마음 한편 구석에 아직 조금만 걸리는 구석이 있어 마지못해 나오고 마는 제 자신이 차라리 이상했다.

　시어머니는 마침 어디 나가고 없고, 남편이 어린 것 옆에 가 축 늘어져 누워 있었다.

　유모는 먼지가 묻고 구기고 할까봐서 우선 치마와 단속곳을 벗어 한편으로 개켜놓고야 어린 것을 그러안는다.

　"어쩌믄 이것이 이 꼴이 됐수!"

　가시에다가 양초를 살폿 입혔다고나 할는지, 오목가슴이

발딱거리지만 않으면 죽었는가 싶게 산 기운이 없어 보이는 어린 것의 입에다가 흐뭇진 젖통이의 젖꼭지를 물려주면서 애꿎게 남편을 칭원하는 것이다. 그렇다고 어디 다운 애정이 금시로 솟아나서 그러는 것은 아니다.

"좀 낫다는 게 그 모양인걸…"

최서방은 아내의 눈치를, 오늘은 돈을 얼마나 내놓으려노? 저녁은 지내고 들어가려나? 해서 슬금슬금 눈치를 살펴가면서 건성으로 대답이다.

미상불 어린 것은 제 어미 말대로, 제 명이 길어서 그랬든지 닷새 전에 죽을 고패를 넘기고는 차차 나아가는 참이었었다.
— 몸이 좀 식고 밥물도 빨아먹고 그리고 잠도 편히 자고—

그래서 어미가 젖꼭지를 물려줄 때도 마침 잠이 들었을 때라, 젖꼭지가 입술을 근지르니까 힘없이 눈을 뜨고 서투르게 두어 모금 빨더니, 제깐에도 이상했던지 잠시 입을 오물거리고 고갯짓을 하다가 비로소 다시 파고들어 빨아먹기 시작을 한다.

최서방은 아내의 비끄러맨 손수건을 풀어 담배곽을 꺼내다가 같이 싼 돈을 좌르르 흩뜨리고는 무렴해서 쩔쩔맨다. 일 원짜리가 수북하고 또 잔돈도 오붓해서, 그런 중에도 그는 속으로 느긋했다.

유모는 잔돈을 젖혀놓고 일 원짜리를 다 집어 준다.

"옜수. 이게 구 원이니 가지구 가서, 쌀 대두 한 말 허구 좁쌀 한 말만 사가지구 오우. 남구도 좀 사구··· 그리구 반찬 거리랑 또 고기두 한 근만 사구···"

지천도 안 먹고 돈은 듬뿍 나오고 해서, 입이 헤벌어진 최서방은 돈을 받아들고 일어서서 아까 풀다가 무렵을 볼 뻔하던 아내의 마코 곽에서 한 개 꺼내 붙여 문다.

"어머니는 어디 갔수?"

인제 생각난 것은 아니다. 지나는 말로 남편더러 물어보는 것이다.

"응."

"어디?"

"마암거리가 하나두 없어서··· 아마 동네 집으루 밥물을 얻으러 가신다구 나가셨지···"

"양식이 그렇게 한톨두 없었수?"

"응."

최서방네 모자는 어제 아침에 좁쌀죽 한 보시기씩을 먹고 이내 굶으면서, 문안에서 나오기만 까맣게 기다리고 있었던 참이다.

사온 양식으로 밥을 짓고, 고기로 반찬을 하고 해서 시어머니와 내외 세 식구가 석유 등잔불 밑에 앉아서 저녁밥을 달게 먹고 있을 때 어린 것도 모처럼 얻어먹은 기름진 모유에 취했는지 가끔 바르작거리면서 괴로와는 하나 색색 잠을 자고 있다.

그러고 그 뒤에 어린 것은 그런 대로 한 살 두 살 먹어가면서 바스락바스락 자라났다.

그 '뒷이야기'는 다음에 다른 데서 하기로 한다.

작품 출전

백석

북관 《조광》 1937.10

동해 《동아일보》 1938.6.7

가재미·나귀 《조선일보》 1936.9.3

국수 《문장》 1941.4

여우난골족 《조광》 1935.12

고야 《조광》 1936.1

주막 《조광》 1935.11

가즈랑집 《사슴》 1936.1.20

고방 《사슴》 1936.1.20

가키사키의 바다 《사슴》 1936.1.20

여우난골 《사슴》 1936.1.20

여승 《사슴》 1936.1.20

통영 《조선일보》 1936.1.23.

노루 《조광》 1937.10

선우사 《조광》 1937.10

추야일경 《삼천리문학》 1938.1

정주성 《조선일보》 1935.8.31

멧새소리 《여성》 1938.10

가무래기의 낙 《여성》 1938.10

박각시 오는 저녁 《조선문학독본》 1938

내가 이렇게 외면하고 《여성》 1938.5

개 《현대조선문학전집》 1938.4

흰 바람벽이 있어 《문장》 1941.4

구장로 《조선일보》 1939.11.8

북신 《조선일보》 1939.11.9

월림장 《조선일보》 1939.11.11

목구 《문장》 1940.2

귀농 《조광》 1941.4

두보나 이백같이 《인문평론》 1941.4

칠월백중 《문장》 1948.10

편지 《조선일보》 1936.2.21

무지개 뻗치듯 만세교 《조선일보》 1937.8.1

채만식

산적 《별건곤》 1929.12

향연 《동아일보》 1938.5.14,17

냉동어 《인문평론》 1940.4,5

명태 《신시대》 1943.1

애저찜 《박문》 1940.4

산채 《매일신보》 1939.9.9

오리식례, 술멕이 《신시대》 1942.9

추과도 《고려시보》 1939.10.16

포도주 《매일신보》 1939.7.23

세검정에서 《별건곤》 1930.6

전원의 가을 《혜성》 1931.10

눈 내리는 황혼 《별건곤》 1930.12

원두막에서 놀던 이야기 《신동아》 1933.7

유월의 아침 《여성》 1938.6

상경 후 《백민》 1946.1

농사 《조선일보》 1939.7.28~30, 8.2

밥이 사람을 먹다 《백광》 1937.5

백마강의 뱃놀이 《현대평론》 1927.7

인텔리와 빈대떡 《신동아》 1934.4

생명의 유희 928.5.29(《문학사상》 1975.1)

빈貧·제일장 제이과 《신동아》 1936.9

음식 찾아보기